기생감

미스터리스릴러SF모음집

기생감

미스터리 스릴러 SF 모음집

SF

4분 은상
등골 **허설**
기생감 **송한별**
카미카쿠시 **이일경**
과거와함께걷다 **네크**
이상한가면여우이야기 **곽재식**

온우주

기생감
미스터리스릴러SF모음집

기 생 감

송한별

22세기. 인류는 외계 생명체와 혹독한 전쟁을 치렀다. 시범형 식민 행성 두 곳에서 각기 다른 유독성 바이러스가 발견되었다. 소위 지구형 행성이라고 하는 대기가 안정된 암석질 행성이 우선적인 식민 대상지로 선정되는데, 이런 환경은 자생체(自生體)가 발생하기에도 좋기 때문이다.

과학자들은 테라포밍 과정에서 지구 외적 생명체를 배제할 수 있으리라 생각했다. 하지만 자생체의 생존 능력은 그들이 생각한 것보다 뛰어났다. 테라포밍 과정을 겪고도 살아남은 일부 바이러스가 인간을 숙주로 삼아 돌연변이를 일으켰다. 감염된 행성은 폐쇄되었고 누구보다 용감하게 나섰던 우주 개척자들은 고통 끝에 죽었다. 외계생명진화연구소가 만들어진 배경이다.

외계생명진화연구소는 지구 밖에서 발견된 생명체, 그리고 생명에 준하는 존재들을 연구한다. 그중 내가 속한 제31호 연구선(研究船)은 우주의 비키니 환초를 부유한다. 핵폭탄만큼이나 위험한 생체 물질을 가지고 놀면서.

*

"헤르츠. 이 튜브를 J527 칸으로 옮겨 줘."

외계 생명 연구자는 참을성이 많아야 한다. 각지의 식민 후보지 행성에서 보내오는 생체 샘플을 조작된 환경에서 관측하고 기록해야 하기 때문이다. 현지와 같은 환경에서 출발하여 조금씩, 아주 조금씩 환경을 바꿔 가며 작업을 계속한다. 반복과 인내는 유용한 미덕이다.

"이 습도에 반응할 줄 알았는데 아니네. 지난번 데이터는 어떻게 나온 거야?"

물론 그렇지 않은 사람도 있다. 우리는 각자 다른 돌연변이의 결과물이다.

"에밀에게 확인해 보지 그래?"

"그래야겠어. 분명히 또 학부생 같은 실수를 저지르고 숨겼을 거야."

니은은 에밀이 식민 후보 행성 23호에서 보낸 혐기성 단세포생물을 말려 죽여 놓고 보름 동안이나 숨긴 일에 대해 아직까지도 화를 냈다. 그 일 때문에 보름 동안 작성한 보고서와 테라리움 튜브 일곱 개를 폐기해야 했다.

나는 니은이 말한 튜브를 전용 집게로 들어 올렸다.

"진짜라면 내 일주일치 커피를 걸고 에밀을 지구로 쏴 버리겠어."

"과격하네."

"우리 헤르츠 박사는 관대하시지."

"화를 내는 건 익숙하지 않아서."

화뿐만 아니라 다른 것도. 나는 손가락으로 입가를 잡아당겨 웃는 얼굴을 만들어 보였다. 튜브 벽면에 비쳐 입 밖으로 드러난 송곳니 끝이 보였다.

J527 칸은 튜브 트레이 중에서도 구석진 곳에 있다. 트레이에 부딪히지 않게끔 조심스럽게 카트를 끌었다. 사방에 가득한 튜브는 모니터를 몇백 개씩 연결한 미디어 아트 작품 같았다.

제각기 독립된 환기 장치를 갖춘 튜브에는 서로 다른 곳에서 온 외래 생명, 혹은 그에 준하는 것들이 들어 있다. 에밀은 이곳을 한 줌짜리 우주라고 불렀다. 그 우주 한구석에 브리키가 쭈그리고 앉아 있었다.

"아, 헤르츠. 안녕."

브리키가 축축한 손등으로 연신 코밑을 훑었다.

"지나갈게."

"그럼. 그래야지."

브리키가 허겁지겁 일어나다 휘청거렸다. 창백한 피부 밑으로 푸른 혈관이 비쳐 보였다.

"안 먹으면 못 버텨."

"그렇지. 그래."

튜브를 J527 칸에 올려놓는 동안 브리키는 고개를 숙이고 바닥만 쳐다보았다. 고개 숙인 브리키의 정수리를 보는 일이 잦아졌다. 언제부터 그랬는지 정확한 날짜도 기억할 수 있다. 십사 일 전부터, 브리키는 빠른 속도로 말라 갔다.

"잊어야지."

정신은 육체와 다른 방식으로 소모된다. 하지만 결국 양쪽 모두에 영향을 끼친다. 병든 몸은 긍정적인 태도를 앗아가고, 망가진 정신은 신체를 무너트린다. 브리키의 경우는 불우한 사고에 기인한다. 지구에 있는 가족들이 죽었다. 지난한 방역 검사가 계속되는 동안 시체는 화장되었고 브리키는 귀환 절차를 중단해 버렸다.

"잊어야지."

다시 말하자 브리키가 고개를 들어 올렸다. 마주친 눈에는 물기가 맺혀 있었다.

"너는 몰라."

그러고는 몸을 돌려 나가 버렸다. 느리면서도 멈추어 서는 법은 없었다. 나는 내가 무엇을 모르는지도 모른 채, 사라져 가는 브리키의 등을 바라보았다.

*

"L군 행성에서 샘플이 왔어. 누가 담당할래?"

"내가 할 수 있을 것 같은데."

"넌 안 돼. 지난 보고서부터 재검토해서 다시 올려."

에밀이 슬그머니 몸을 뒤로 젖혔다. 에밀의 보고서에서 대대적인 수치 누락이 발견되었다. 니은은 팀장으로서 관용을 다해 에밀에게 두 번째 기회를 주기로 했다. 에밀은 한동안 자기 연구실에서 나오지 못할 것이다.

"헤르츠는 어때?"

"글쎄."

이번에 도착한 것은 담자균류를 닮은 포낭(包囊)이었다. 하나의 줄기에 세 개의 주머니가 연결되어 있고 줄기는 거뭇한 덩어리에 단단히 뿌리를 내렸다. 덩어리는 탐사대원의 신체 일부라고 한다. 기생생물은 구미가 당기지 않는다.

"헤르츠가 맡았으면 좋겠는데."

"여유가 없는 건 아니야."

니은이 손가락으로 테이블을 툭툭 두드렸다. 에밀은 팔짱을 단단히 꼈다. 무언가 신호를 보내는 듯한데 그 내용을 알 수 없었다. 뭐라고 말을 꺼내기 전에, 브리키가 손바닥을 들어 올렸다.

"내가 맡을게."

"아."

두 사람이 탄식했다.

"무리하지 않아도 괜찮아. 일할 형편이 아닌 거 우리 모두 알고 있어."

"아냐. 괜찮아."

브리키는 고개를 숙인 채 손가락 끝을 꼬물거렸다.

"정말이야. 어쩌면 일에 집중하는 게 나을 수도 있고."

일리가 있다.

"본인이 하고 싶다면 해야지."

"그렇지……."

니은이 말꼬리를 흐리며 나를 보았다. 책망하는 눈빛일 것이다. 추측할 수밖에 없는 시선을 담담히 마주 보았다.

"자, 그럼 결정된 거지? 니은. 튜브를 가지러 가면서 설명해 주는 게 어때? 브리키는 기생생물이 처음이잖아."

"그게 좋겠네. 참고할 만한 자료를 뽑아 줄게."

니은이 먼저 자리에서 일어났고 브리키가 뒤를 따랐다. 에밀은 어슬렁거리며 내게 다가왔다.

"헤르츠. 어…… 혹시 신호 보낸 거 봤어?"

"봤어. 브리키에게 기생생물을 맡기고 싶지 않았던 거잖아. 브리키는 상태가 좋지 않고, 기생생물은 위험하니까."

"그거랑 조금 다른데."

에밀이 고개를 한쪽으로 꺾었다. 테이블에 걸터앉은 채 몸을 기울인 자세가 불안정하게 보였다.

"브리키가 정신적으로 힘들어하니까 대신해 줄 수 있는 일까지 맡기고 싶지 않았던 거야. 나나 니은의 손이 비었다면 좋았을 텐데."

"일을 맡기고 싶지 않았다는 건 같네."

"결과적으로는 같아. 하지만 같지 않다는 것도 알지?"

탁탁탁. 에밀이 발로 바닥을 두들겨 댔다. 초조함 또는 불안감이 표출되는 방식이다. 나는 에밀에게 고개를 끄덕여 주었다. 브리키가 아닌 우리를 위한 일과 브리키를 위한 일. 둘은 다르다.

"염두에 둘게. 뜻대로 되지 않아 유감이야."

"아냐. 네가 이해할 거라고 기대한 우리가 잘못이지."

몸을 돌려 걸어 나가려는 에밀을 붙잡아 세웠다.

"나는 나 때문에 누가 잘못하게 하지 않아."

에밀이 멈춰 서서 돌아보았다. 내 얼굴에서 무언가를 찾는 듯 뚫어지게 쳐다보았다.

"내가 얼굴을 읽지 못하는 걸로 비난하지 마. 그건 내 잘못이 아니야."

"그래. 그렇겠지."

에밀의 미간에 주름이 잡혔다. 끝이 날카롭게 올라간 눈썹 밑으로 한쪽 입술 끝이 예리한 선을 그었다. 파편화된 이미지는 제각기 따로 놀 뿐 하나로 합쳐지지 않았다.

*

우려와 달리 브리키는 기생생물을 잘 다루었다. 전체 크기가 12mm쯤 되는 작은 포낭에 별명까지 지어 줬다. 토드. 오래전에 만들어진 말 많고 성가신 버섯 캐릭터의 이름이다.

브리키는 먹고 자는 것을 제외한 거의 모든 시간을 토드 곁에서 보냈다. 니은은 이것을 긍정적인 현상으로 이해했다. 그러나 브리키의 열정은 다소 과할 정도였다.

「헤르츠. 지금 토드가 움직였어.」

"움직였다고?"

심야 당직을 서고 있을 때였다. 브리키가 무전으로 나를 호

출했다. 개인 연구실로 들어가 보니 브리키는 토드를 뚫어져라 바라보고 있었다.

"움직인 거 맞아?"

"틀림없어. 내가 봤어."

하루 종일 튜브만 들여다보고 있는 브리키가 하는 말이니 믿고 싶었지만 그럴 만한 근거가 없었다. 무언가 움직인 흔적이라고는 조금도 없었다.

"대기가 건조해서 덩어리 조직이 바스라진 거 아니야?"

환경 때문에 물체가 움직이는 것처럼 보이는 것은 흔한 일이다.

"분명히 봤어. 토드가 포낭을 떨었다고."

튜브에 설치된 패널을 확인해 봤다. 온도나 습도, 기압 모두 특별할 게 없었다. 토드의 고향 행성과 같은 조건이다. 기록용 카메라에서 브리키가 나를 부르기 직전의 영상을 찾아냈다.

"……"

토드는 조금도 움직이지 않았다. 열이나 방사능, 기타 주목할 만한 성분이 검출되지도 않았다. 브리키의 주장과 달리 세 개의 포낭은 단단히 고정되어 있었다.

"브리키."

카메라 화면을 끄고 브리키의 등 뒤로 조심스럽게 접근했다. 고민하다가 손을 뻗어 어깨를 살포시 쥐었다. 적절한 신체 접촉은 긴장감을 완화하는 데 도움이 된다. 기대와 달리 브리키의 숨이 밭아졌다.

"뇌는 사람이 보고 싶은 걸 보여 주기도 해. 사실과 다르더라도."

"내가 틀렸다고?"

브리키가 홱 몸을 틀었다. 충혈된 눈에 새빨간 핏줄이 가득 돋아 있었다. 브리키는 씩씩거리며 몸을 떨었다.

"중요한 건 네가 토드로부터 무언가 알아내길 간절히 바랐다는 거야."

무언가를 바라는 마음과 이제 그만하고 싶은 마음이 치열하게 부딪히면 절충안으로 환각이 채택되기도 한다. 뇌는 말단 신경의 감각쯤은 어렵지 않게 속여 넘길 수 있다. 브리키는 토드에게 너무 많은 관심을 쏟아부었다.

"내가 미쳤다는 소리를 돌려서 하지 마."

식은땀을 흘려 가며, 브리키는 주먹을 부들부들 떨었다.

"내가 뭘 보았는지 모르면서 나를 미친 사람 취급하지 마. 난 내가 뭘 원하는지, 뭘 보고 싶은지 알아. 너하고는 달라. 너는 외계생명뿐 아니라 인간도 잘 모르고, 네가 뭘 모르는지도 모르지. 너는 다른 사람의 감정을 이해할 수 없는 고장 난……!"

점점 소리를 높여 가던 외침이 한순간 꺾였다. 덜커덩, 브리키가 의자에서 떨어져 바닥에 주저앉았다. 가슴께를 쥔 손이 새하얬다. 호흡과 기침을 동시에 하는 과호흡 증상이다. 나는 브리키가 진정되기를 기다렸다가 그가 내뱉지 못한 말을 끝맺어 주었다.

"사이코패스지."

"아니…… 그렇게까지 말하고 싶지는 않았어……."

브리키가 긴 호흡으로 헐떡거리며 고개를 흔들었다.

"미안해, 내가 잠깐 정신이 없어서……."

"그랬던 것 같아."

과거에 만들어진 사이코패스라는 표현은 오늘날 공감불능장애자를 비하하는 용도로 쓰인다. 브리키는 장애 혐오 발언을 내뱉을 정도로 경우 없는 사람은 아니다.

"가서 좀 자. 일어나서 기록을 보면 좋을 거야."

내 장애를 비난한 것도, 그럴 생각은 없었다는 것도 모두 진심일 것이다. 사람은 누구나 복합적인 감정을 가지고 모순되게 살아간다. 드러내지 않으려고 노력할 뿐이다. 사회적 합의를 충분히 학습한 공감불능장애자는 그렇지 않은 사람보다 불합리한 행동 양식을 잘 이해할 수 있다.

*

수납고를 정리하던 니은이 실험실로 예고 없이 뛰어 들어왔다. 갑작스런 소란에 놀란 에밀이 하던 일을 멈추고 고개를 들었다.

"브리키. 이게 도대체 어떻게 된 일인지 나한테 설명해 봐."

니은이 휴대용 패널 화면을 들이밀었다. 붉은 등이 수도 없이 들어와 있는 수납고 모습이 화면에 비쳤다.

"우와, 이게 뭐야."

"그게······."

브리키는 당황해할 뿐 제대로 대답하지 못했다. 붉은 등은 테라리움 내부에 문제가 발생했다는 신호다. 튜브에 든 생명체들은 인위적으로 조성된 환경에 놓이므로 아주 작은 변화에도 민감하게 반응한다. 튜브는 아주 쉽게 관으로 변한다.

니은이 보름간 에밀을 붙잡고 보고서를 뜯어 고치는 사이에 사달이 난 걸 아무도 눈치채지 못했다. 다들 자기 일을 하는 동안 브리키는 아무 일도 하지 않았다.

"도대체 왜 이렇게 된 건지······."

니은이 고개를 위로 젖힌 채 숨을 가다듬었다. 파르르 떨리는 눈꺼풀 밑으로 눈물이 방울져 흘러내렸다. 에밀이 조심스럽게 다가가 니은의 어깨를 안아 주었다.

"붉은 등이 켜질 때마다 긴급 신호가 갔을 텐데, 왜 이렇게 된 거야?"

튜브에 붉은 등이 들어오면 담당자에게 신호가 간다. 브리키가 태업한 것은 분명하나 혹시 모를 일이다. 수신기에 문제가 있었을 수도 있다.

"……껐어."

"뭐라고?"

"수신기, 꺼 놨다고. 시끄러워서."

브리키가 우물쭈물하며 대답했다. 에밀이 마른 웃음을 터트렸다. 니은은 브리키와의 사이에 투명한 장벽이 있는 것처럼 굴었다. 그들은 브리키와 거리를 두고 싶은 것처럼 보였다. 브리키는 볼품없게 구겨진 얼굴로 나를 바라보았다.

"어쩔 수 없잖아. 긴급 신호를 받으면 가 봐야 해."

"갔어야지."

"그럴 수 없었어. 나는 토드 곁에 있어야 해. 토드 곁을 한순간도 떠나면 안 돼. 그런데 자꾸 신호가 오잖아. 나는 남아야 하는데 가야 하기도 하고…… 그래서 수신기를 껐어. 신호가 오지 않으면 가지 않아도 되잖아."

브리키의 목소리가 이상하게 비틀렸다. 검은자위는 한곳에 고정되지 못하고 제각각 사방을 굴렀다. 몸의 근육이 발작적으로 수축해 불규칙하게 몸을 꺾어 댔다.

"브리키. 그 튜브로부터 당장 떨어져. 너를 모든 보직에서 해임하고 지금부터 방역 절차를 밟을 거야."

"안 돼! 안 돼 니은, 나는 토드 곁에 있어야 해. 토드가 나를 찾아. 나한테 토드를 돌보라고 했잖아?"

"그랬어. 너는 임무를 잘 수행했어. 너무 잘 수행했지. 그러니까 이제 쉬어도 돼. 잠깐 일을 멈추고 휴식기를 가지자. 지구로 돌아갈 수도 있을 거야."

니은이 조곤조곤한 말투로 브리키를 다독였다. 그러나 안심시키려고 꺼낸 이름이 오히려 브리키의 심리를 뒤흔들고 말았다.

"지구……. 지구는 됐어. 이제 내게는 아무런 의미가 없어. 있어야 할 때 있지 못했는데 이제 와서 그게 다 무슨 소용이야!"

브리키의 양쪽 입가가 높게 치솟으며 새하얀 이가 드러났다.

"토드로부터 떼어놓을 셈이지. 나를 속이고!"

브리키가 잇몸을 드러내고 으르렁거렸다. 에밀이 움직이려하자 브리키는 격리실 문으로 달려들었다. 격리실 안에는 토드의 튜브가 있다.

"안 돼!"

가장 가까이에 있던 내가 브리키의 어깨를 붙잡았다. 격리실 문은 열렸지만 튜브는 아직 그대로다. 선내 공기가 테라리움의 공기와 섞이면 큰일이 일어난다. 토드에게도 우리에게도 끔찍한 결과가 초래될 것이다. 초기 식민 행성의 비극을 되풀이하지 않기 위해 만들어진 곳에서 개죽음을 맞고 싶지는 않았다.

브리키는 온 힘을 다해 광란했다. 내가 간신히 버티는 동안 니은과 에밀이 달려들어 브리키의 몸통을 잡아끌었다.

"아악! 아아악!!"

세 사람이 달려들어도 감당하기 어려울 정도로 격렬한 저항이었다. 에밀이 힘을 바짝 주어 브리키를 땅에서 떨어뜨렸다. 브리키는 양팔이 뒤로 붙잡힌 채 허공에 떠서도 몸을 비틀어 댔다.

팔보다 긴 다리를 놔둔 것이 문제였다. 사방으로 팔딱거리던 브리키의 발이 연구용 테이블을 걷어찼다. 테이블 위에 놓여 있던 튜브가 뒤흔들리더니 천천히 한쪽으로 기울었다.

"안 돼!"

튜브는 모서리로 떨어졌다. 특수 유리에 실금이 그려지는 것이 보였다. 번개가 내려치듯 찰나에 불과한 순간이었지만 무슨 일이 일어났는지 생생하게 느껴졌다. 토드의 몸에 달린 세 개의 포낭이 일제히 입을 벌렸다.

"마스크 껴!"

니은이 번개처럼 움직여 비상 스위치를 눌렀다. 천장으로부터 소독액이 쏟아지며 긴급 방역 절차가 시작되었다. 나와 에밀은 허리춤에 상비하는 마스크를 꺼내 뒤집어썼다.

"토드! 토드!!"

격리실 밖으로 끌려 나가면서도 브리키는 연신 토드의 이름을 불러 댔다.

*

"눈에 띄는 문제점은 발견되지 않았어."

방역복을 입은 니은이 말했다. 토드의 테라리움 튜브는 파손되지 않았다. 금이 가기는 했지만 그뿐이다. 그렇지만 감염이 우려되는 공간에서는 방역복을 입기로 했다. 우리가 아직 알아채지 못한 문제가 있을지도 모른다.

"당국에서는 뭐라고 해?"

"내부에서 문제를 완전히 해결했다고 보고할 때까지 연구선을 봉쇄하겠대."

"망했네, 망했어."

바이오하자드가 발생한 시설은 봉쇄한다. 봉쇄한 뒤에도 생물 재해가 해결되지 않으면 폐기한다. 당국의 표준 방역 절차다. 이대로라면 살처분될 수도 있다.

"방법을 찾아야지."

새파란 작업용 비닐장갑이 둔탁하게 조명 빛을 튕겨 냈다. 니은이 기절한 채 벨트에 묶여 있는 브리키를 내려다보았다.

"생체 스캔 결과는 어때?"

"특별한 점 없어. 피부도 깨끗하고."

에밀이 생체 스캔 보고서를 공유했다. 수치는 모두 예상치를 크게 벗어나지 않았다.

"브리키가 도대체 왜 그랬는지 알아야 해."

"잘 생각해 봐. 브리키는 격리실에 들어서기 전부터 이상했어. 들어선 다음에도 이상하긴 했지만, 그 전부터 문제가 있었던 거야."

"사고로 인한 감정적 손실을 토드를 통해 보상받으려고 했던 걸까?"

"말이 되지만 충분하지는 않아. 브리키가 정신적 외상을 달래기 위해 감정이입할 대상이 필요했다면 토드 말고도 대안이 많았을 거야."

"토드가 반응했다면?"

신경질적으로 대화를 주고받던 니은과 에밀이 나를 바라봤다.

"토드가 실제로 반응을 했든 안 했든 브리키는 토드가 반응했다고 생각할 수 있잖아."

믿음은 기계적으로 계량되지 않는다.

"토드가 움직였다고 이야기한 적이 있어. 카메라에는 아무것도 기록되지 않았고. 하지만 브리키는 토드가 분명히 움직였다고 했어."

"그 전에 브리키가 토드와 직접적으로 접근한 적은?"

"내가 알기로는 없어. 하지만 다짜고짜 격리실 문을 열고 튜브로 달려든 걸 보면……."

"이전에 열어 봤을 가능성이 없다고는 할 수 없겠네."

누가 내는지 알 수 없는 신음이 실험실을 가득 채웠다.

"어쩌면 토드가 비가시적인 신호를 보냈을 수도 있어. 빛이나 소리, 진동 같은 수단을 쓰는 외계종도 있잖아. 브리키만 알아봤을 수도 있지."

브리키는 미친 사람이기 이전에 숙련된 과학자다. 아무런 근거 없이 무언가를 믿었을 것 같지는 않다.

"우선 영상부터 돌려 보자고."

"⋯⋯뭐야 이게⋯⋯."

구속용 벨트가 절그럭거리며 소리를 냈다.

"정신이 좀 들어?"

브리키는 에밀이 얼굴을 비추고 나서야 온몸을 비틀어 대는 짓을 멈췄다.

"에밀. 에, 에밀. 왜 내가 묶여 있는 거야? 무슨 일이 있었어? 설명해 줘. 응? 내가 무슨 잘못을 했다고 이러는 거야?"

"진정해 브리키. 이건 일시적인 거야. 네가 다치지 않게 하려고. 아무도 너를 함부로 대하지 않아. 알지, 브리키?"

니은은 브리키의 손을 꼭 붙잡았다.

"나 지금 상황이 잘 이해가 되지 않는데. 니은, 넌 알겠지. 우리 팀장이잖아. 그러니까 토드가 어떻게 됐는지도 말해 줄 수 있겠지? 알잖아. 내가 토드를 어떻게 대했는지. 알려 줘 니은.

나, 나는……."

브리키가 울먹거렸다. 니은은 브리키의 손을 가만히 토닥이기만 할 뿐 아무런 대답도 하지 않았다. 브리키는 고개를 돌려 에밀을 보았지만 에밀은 눈을 감고 고개를 저었다.

"왜, 왜들 그러는 거야?"

브리키의 속눈썹이 파르르 떨렸다. 눈물과 땀이 뒤섞여 흥건해진 얼굴로 사방을 두리번거렸다. 그러다 나와 눈이 마주쳤다.

"헤르츠! 너도 있었구나 헤르츠! 대답해. 너는 대답해야 해. 그렇잖아, 응? 헤르츠."

브리키의 손을 잡은 채 니은이 나를 지긋이 쳐다보았다. 나는 여전히 그 표정을 읽을 수 없었다.

"토드가 어떻게 되었는지, 그것만 알려 주면 돼. 왜 아무도 대답하지 않는 거야!"

"죽었어."

브리키의 양다리가 경련했다.

"포낭이 터졌어. 남은 줄기는 보존해 두었지만 더 이상 아무런 생명 신호도 감지할 수 없어."

브리키의 얼굴이 한층 더 심각해졌다. 불길한 기운을 느꼈는지 니은이 브리키의 손아귀로부터 벗어나려 조심스럽게 움직였다.

"우리에게는 절차라는 게 있어. 생물 재해가 일어나면 방역

해야 해. 지금 우리 연구선은 봉쇄되었어. 우리는 네가 필요해. 너는 우리 중에서 토드를 가장 잘 알잖아."

"토드가 죽었어……. 이게…… 이게 다 너 때문이야 니은! 네가 나한테서 토드를 빼앗아 가려고만 하지 않았으면! 그랬으면 이런 일은 없는 건데!"

창백하게 질린 피부가 시뻘겋게 물들었다. 불그스름한 반점이 피부 아래에서 얼룩덜룩하게 올라왔다. 브리키는 니은의 손을 틀어쥐고 놓아주지 않았다.

"그냥 가만히 내버려 두었으면 됐잖아! 넌 항상 잘난 듯이 이야기하지, 이거 해 브리키, 저거 해 브리키! 네가 모든 일을 망쳤어 니은!!"

"아아악!!"

니은의 손이 이상한 각도로 뒤틀렸다. 나는 에밀과 함께 두 사람 사이로 뛰어들었다. 관절을 꺾고 나서야 브리키의 손에서 힘이 빠져나갔다. 그럼에도 악착같이 들러붙으려는 질긴 손아귀를 간신히 떨어트렸다. 니은은 바닥에 등을 대고 굴렀다. 장갑 낀 손가락이 제멋대로 뒤틀려 있었다.

"으아아아!!"

브리키가 전신을 들썩이며 발악했다. 소심한 성격의 브리키에게서 한 번도 본 적 없는 에너지가 뿜어져 나왔다. 실험대가 들썩이고 구속구가 당겨지는 소리가 요란했다. 브리키는 불꽃처럼, 그 자신을 연소해 버리려는 것 같았다.

"……윽, 흐……윽……."

절규의 파도가 지나가고 나자 소강상태가 찾아왔다. 다 쉬어 버린 목소리로 브리키가 울먹였다.

"왜 안 되는 거야……. 시키는 건 다 했잖아. 그런데 왜…… 왜 나는 지킬 수 없는 거야……. 하라는 대로 했고 하지 말라는 일은 안 했잖아."

구속구에 눌려 혈관이 막힌 사지 말단이 새카맣게 질려 있었다.

"이런 젠장."

나지막이 탄식하며 니은이 자리에서 일어났다. 흥분한 기색은 보이지 않았다. 브리키 못지않게 창백한 얼굴로, 브리키에게 천천히 다가갔다. 나나 에밀은 니은을 막아야 한다는 생각도 하지 못한 채 그저 바라봤다. 브리키가 퉁퉁 부어오른 눈으로 니은을 올려다보았다.

"너를 증오해 니은. 나 자신을 증오하는 것만큼이나 너를 증오해. 너는 내게서 아무것도 지켜 주지 못했고, 나한테서 토드를 빼앗아 갔어. 너는 쓰레기 같은 인간이야."

"네 말이 맞아. 나로서는 어쩔 수 없었던 일도 있지만 그렇다고 뭐가 바뀌지는 않지. 너에게 나는 쓰레기 같은 인간일 거야."

니은은 한 손으로 구속구를 끌렀다. 느리고 서툰 손길이었지만 아무도 독촉하지 않았다. 마침내 모든 구속구가 사라지자, 브리키는 상체를 일으켜 실험대 위에 앉았다. 두 사람의 눈높이가 맞았다.

"아무것도 할 수 없게 막은 너를 경멸해."

"알아."

"아무것도 할 수 없었던 내가 혐오스러워."

"그래."

니은이 팔을 둘러 브리키를 껴안았다. 방역복이 구겨지며 바스락거리는 소리가 났다. 브리키는 니은을 내버려 두었다. 그리다 이내 손을 들어 허리를 감았다.

"미안해."

누가 누구에게 건네는 말인지 알 수 없었다. 하고 싶은 말인지 듣고 싶은 말인지도 알 수 없지만 두 사람은 그 말에 담긴 의미를 이해하는 것처럼 보였다. 미안해. 미안해. 위안의 언어가 반복되었다.

"저기 봐."

에밀의 손끝이 니은의 허리에 감긴 브리키의 손을 가리켰다. 긁히고 쓸린 상처들 사이에 눈길을 사로잡는 것이 보였다.

세 개의 포낭을 가진 토드가 브리키의 왼팔에 돋아나 있었다.

*

니은은 한자리에 가만히 있지 못하고 회의실 벽면을 따라 왕복했다.

"진정해, 아직 어떻게 된 건지도 모르잖아."

"진정하라고?! 너라면 그럴 수 있어? 못 하겠지! 왜냐면 너는 저것과 맞닿지 않았으니까!"

니은이 테이블 위에 놓인 그것을 삿대질했다. 브리키의 몸에서 채취해 온 토드였다.

"아직 토드가 어떻게 확산하는지 몰라. 그러니까 좀 진정해."

"아 젠장…… 섣불리 손을 대는 게 아니었어."

니은이 양손으로 얼굴을 덮고는 숨을 모아 쉬었다.

"브리키는 어떻게 됐어?"

"조용해. 아무것도 하지 않고 있어."

니은은 브리키의 몸에 돋아난 토드를 보자마자 발작을 일으키며 실험실 밖으로 뛰쳐나갔다. 에밀이 니은을 쫓아가 회의실에 몰아넣는 사이 나는 필요한 조치들을 취했다.

"차분하게 생각해야 해, 니은. 인류는 초파리가 자연적으로 발생하지 않는다는 걸 알아내는 데에만 수백 년이 넘게 걸렸어."

"알아내야 해. 토드가 어떻게 전염되는지. 전염되면 어떻게 되는지. 몸에서 포낭이 자라나는 데에는 시간이 얼마나 걸리는지. 브리키가 미쳐 버린 건 환경 때문인지, 아니면 토드 때문인지. 에밀, 헤르츠. 알아내야 해."

"브리키의 연구 일지는 이미 다 살펴봤어. 미친 사람이 쓴 것 같아. 브리키는 토드가 자기를 부르고, 말을 걸고, 움직였다고 적었어. 지금으로서는 어느 부분이 사실이고 환각인지 알아볼 방법이 없어. 차라리 내가 토드를 봤으면 나았을 텐데."

"보고서를 제대로 만들었으면 그랬을 수도 있었지. 토드 보고서도 엉망진창으로 채워 넣지 않았으리라는 법도 없지만."

에밀은 영문을 모르겠다는 듯 니은을 쳐다보다가 한쪽 입가를 끌었다. 낮게 억누른 목소리가 입술 사이로 흘러나왔다.

"지금 그런 이야기를 하자는 게 아니잖아."

"아니, 같은 이야기야. 에밀, 네가 처음부터 쓸데없는 짓만 하지 않았어도 제정신이 아닌 브리키한테 일을 맡기지 않았을 거야. 브리키가 토드를 맡지 않았으면 발작하지도 않았을 거고, 내가 감염체에 손을 대는 일도 없었겠지!"

"진정해 니은. 우리 모두 방역복을 입고 있었으니까 괜찮을 거야. 환경은 제대로 통제되고 있다고."

"입 닥쳐 에밀. 너도 똑같아 헤르츠. 브리키가 일을 맡지 못하게 막았어야지 이 사이코야!"

니은이 회의실 벽을 연신 걸어찼다.

"문제가 산처럼 쌓여 있는데 쓸모없는 것들은 모른다는 소리만 계속하지! 아무도 제대로 일하지 않아! 어떻게든 문제를 회피할 생각뿐이라고!"

"더 이상은 못 참겠네!"

에밀이 주먹으로 테이블을 내리쳤다. 에밀이 자리에서 일어나 니은보다 한참 더 높은 곳에서 내려다보았다.

"너야말로 아무것도 못 하고 있잖아. 너 스스로 할 줄 아는 게 뭐야? 네가 팀장으로서 한 일이라고는 이래라 저래라 꼬투리 잡은 것밖에 없잖아! 안 그래?"

"에밀, 너는 항상 팀장에게 합당한 존중을 보이지……."

"손대지 마!"

니은의 손가락이 닿기 직전, 에밀이 니은을 거칠게 떠밀었다. 니은이 벽에 머리를 부딪히며 큰소리가 났다.

씩씩거리는 숨소리만 이어지길 잠시, 니은이 엉거주춤하게 자리에서 일어났다. 입술이 터져 붉은 피가 흘러내렸다.

"버러지 같은 놈들."

니은이 회의실 문을 열고 나가 버렸다. 에밀도 지지 않겠다는 듯 소리질렀다.

"꺼져! 너랑 한곳에 도저히 못 있겠다!"

무슨 말인지 알아들을 수 없는 괴성이 복도를 타고 커다랗게 울렸다.

"······나한테 아무 말도 하지 마, 사이코."

에밀이 나에게 한차례 쏘아붙이고는 의자에 주저앉았다. 에밀은 그대로 삼십여 분을 꼼짝도 하지 않았다. 갑자기 연구선이 흔들리지 않았다면 몇 시간쯤 더 자리를 지켰을 것이다.

"뭐야? 무슨 일이야!"

회의실 스크린에 새빨간 알람 창이 떠올랐다. 탈출선이 분리되었다는 신호다.

"빌어먹을!"

에밀의 뒤를 쫓아 항해실로 향했다. 니은이 연구선을 떠나려 하고 있었다.

"막아야 해! 막아야 한다고!"

에밀의 분투에도 불구하고 탈출선은 연구선으로부터 떨어져 나갔다. 동체의 균형을 잡는 탈출선의 모습이 항해실 스크린에 비쳤다. 이내 탈출선이 방향을 잡고 추진을 시작했다. 추진기에 불이 들어오는 것을 보며 에밀이 거칠게 머리를 쥐어뜯었다.

"안 돼!"

생물 재해 등의 이유로 봉쇄된 장소는 엄격하게 관리된다. 관리 당국의 허가 없는 외부로의 접촉 시도는 강력하게 제재된다.

번쩍.

스크린을 가득 채울 정도로 커다란 빛이 일었다.

에밀이 바닥에 쓰러졌다. 소독약 냄새가 가득한 공기에서 지린내가 났다.

*

에밀은 니은이 사라지고 이틀이 지나도록 아무런 말도 하지 않았다. 개인실 밖으로 잘 나오지 않았고, 나와 마주칠 것 같으면 먼저 자리를 피했다. 언제 자는지, 또 언제 먹는지도 알 수 없었다. 브리키는 넋이 날아간 것처럼 굴었다. 먹여 주는 대로 받아먹고 눕히는 대로 누울 뿐이었다.

당국에서는 아무런 연락도 오지 않았다. 사라져 버린 니은에게 관심을 기울이는 사람은 없었다. 당국에서 사람이 오기는 할까? 어쩌면. 건질 게 있다고 생각할지도 모른다. 생물 재해의 위험을 더 높게 친다면? 우리는 우주의 먼지가 되어 버릴 것이다. 연구선은 비싸지만 전 인류적인 위협을 감내할 만큼은 아니다.

니은이 사라진 뒤, 토드의 그림자가 아른거리는 이곳에는 기이한 시간이 흘렀다. 원래 세계로 돌아갈 수 있으리란 기약은 없었다. 그래서 에밀이 더 이상 가만히 있을 수 없었는지도 모르겠다.

개인실 문을 열고 나왔을 때. 독한 소독약 냄새 때문에 알싸해진 후각이 평소와 같지 않은 것을 잡아냈다.

잠겨 있어야 할 의료실 문이 열려 있었다. 의료실 내부로부터 밖으로 뻗어 나간 피 묻은 발자국이 복도 먼 곳까지 뚜렷했다. 브리키의 몸은 흉하게 훼손되어 있었다. 날카로운 흉기가 사용되었다. 찌르고 가르고 쩬 흔적이 온몸을 헤집었다. 아직 굳지 않은 피가 실험대 밑으로 뚝뚝 흘러내렸다. 저항한 흔적은 없었다.

말라붙지 않은 발자국을 쫓았다. 일정한 거리를 두고 이어지는 발자국에서 안정적인 리듬이 느껴졌다. 초조함이나 긴장감은 없었다. 그는 사냥감이 아니고 나 또한 사냥꾼이 아니다.

"헤르츠."

흉한 꼴을 한 에밀을 금새 따라잡았다. 칼날을 쥔 손에서 핏방울이 떨어졌다. 피부 곳곳에는 살점을 뭉텅뭉텅 썰어 낸 상처가 나 있었다. 어지럽게 흐트러진 머리카락은 반쯤 뽑히고 잘려 나갔다. 브리키의 것과 본인의 것이 뒤섞였을 피가 온몸을 적셨다. 에밀이 형편없이 깨져 나간 손톱으로 움푹 파인 살을 벅벅 긁었다.

"헤르츠."

에밀이 다시 나를 불렀다. 나는 그가 어떤 표정을 짓고 있는지 모르겠다.

"자꾸 자라나."

에밀이 주머니에서 무언가를 한 줌 가득 꺼내 흩뿌렸다. 살가죽과 그 위에 핀 토드였다. 포낭의 끄트머리가 보이자마자 잘라 냈는지 봉우리만 맺힌 것도 있었다. 핏기가 남은 살덩이들이 철벅거리며 사방에 부딪혔다.

"이미 끝났어. 방법이 없어. 감염되어 버렸어."

에밀이 긁힌 상처가 잔뜩 난 목을 우드득 소리를 내며 꺾어 댔다.

"그런데…… 너는 아닌 것 같네."

그 말대로다. 내 몸에는 토드가 자라지 않았다. 매일같이 브리키를 먹이고 보살폈는데도 그렇다.

"에밀."

에밀이 한 걸음, 나를 향해 내디뎠다. 나는 뒤로 한 걸음 놓았다. 앞으로 두 걸음, 뒤로 두 걸음. 앞으로 세 걸음, 뒤로 세 걸음. 이내 에밀이 나를 향해 달려들었다. 나는 몸을 틀어 달렸다. 에밀과 에밀이 쥔 치명적인 흉기로부터 달아났다.

문을 잠글 수 있는 곳이 필요하다. 나는 머릿속에 떠오른 곳 중에서 가장 가까운 곳으로 향했다. 계단을 따라 내려가면 선착장이 나온다. 연구선에는 니온이 타고 사라진 것 외에도 탈출선이 한 대 더 있다. 그곳이라면 위협으로부터 격리될 수 있다.

"헤르츠!"

나는 내 기대만큼 빠르지 않았다. 계단참에서 에밀에게 따라잡혔다. 에밀이 몸을 던져 내 등을 덮쳤다. 나와 에밀은 한 덩어리가 되어 계단을 굴렀다. 누가 누구를 밀치는지, 누구의 위에 올라타는지도 모른 채 굴러떨어졌다.

온몸을 강타하는 고통 속에서 간신히 눈을 떴을 때, 가장 처음 보인 것은 가까이 달라붙은 에밀의 얼굴이었다.

겁이 났다. 에밀의 칼날은 어디에나 있을 수 있다. 배, 등, 골반, 심장, 어쩌면 목덜미에 꽂혀 있을 수도 있다. 계단참 어딘가에 떨어져 있을 수도, 아니면 에밀의 몸에 박혀 있을 수도 있다. 보이지 않는 칼날을 상상하기 시작하니 멈출 수 없었다. 진원이 어딘지 알 수 없는 고통이 나를 더 혼란하게 했다.

에밀은 커다랗게 뜬 눈을 감지 않았다. 그는 죽었다. 한순간 마음이 놓였다. 낯선 감각이 찾아왔다. 그 생소함에 이끌려 나는 계속해서 에밀의 눈을 들여다보았다. 치뜬 눈동자에 비친 내 모습이 보였다. 고통스러워하고, 기뻐하고, 절망하며, 영문을 몰라 하는 얼굴이 보였다. 그 순간 에밀의 얼굴이 전혀 다른 의미로 다가왔다. 아무것도 없는 공허함이 거기 있었다.

머릿속이 새하얗게 타올랐다. 무언가를 계속해서 생각하기 어려웠고, 몸을 가만히 둘 수 없었다. 억누를 수 없는 충동이 고통을 이겨 냈다. 바짝 붙은 에밀을 밀어내기 위해 몸을 뒤틀었다. 맙소사, 그건 시체였다! 나는 꽥꽥 소리를 지르며 팔다리를 놀렸다. 난생 처음 내 보는 소리가 내 목과 고막을 모두 놀라게 했다.

물에 빠진 거미처럼 사지를 펄떡거렸다. 사방에 부딪혀 가면서 탈출선에 들어간 것은 기적이라 할 만했다. 임계치를 넘어선 감정과 생존 본능이 몸을 움직였다. 떨리는 손으로 문을 닫았고, 내가 움직이는 것인지도 알 수 없는 손으로 구조 신호를 보냈다.

나는 감염되었다.

*

탈출선에서 지낸 비몽사몽간은 단 한순간도 빼놓지 않고 신비했다. 감동적이었고, 또 절망스러웠다. 감염자를 감정적으로 만드는 토드 바이러스가 나를 공감불능의 늪에서 끄집어냈다. 나는 내가 이전과 달라졌다는 게 기뻤다. 과거로 돌아갈 수 없어 슬펐고, 동료들을 죽인 토드 덕분에 기뻤다는 게 부끄러웠다.

인간의 뇌는 약 천억 개의 뉴런과 백조 개의 시냅스로 작동하고, 뇌세포는 전기신호로 소통한다. 조야한 비유지만 인간의 뇌는 아주 복잡한 컴퓨터와 같다. 시냅스 연결 구조는 사람마다 다르지만 대다수의 인간에게서 공통적으로 발견되는 통용 코드도 있다. 이를테면 희로애락 같은 감정이 그렇다.

송수신기 역할을 하는 토드의 줄기가 어떻게 브리키의 슬픔을 포착했는지는 의문이다. 마음 둘 곳을 찾던 브리키가 먼저 토드에게 의지했고, 브리키에게 반복적으로 노출된 토드가 브리키의 감정 코드를 파악했을 수 있다. 어쨌든 브리키는 토드에 감염되었다. 토드의 바이러스 포자를 생산하게끔.

면역 체계는 체내에서 만들어진 토드 포자를 적대적으로 인식하지 않았을 것이다. 안정적으로 숫자를 늘린 토드 포자는 뇌로 향해 뇌세포를 적극적으로 변조한다. 보다 감정적이고, 보다 참을성 없게.

브리키의 몸은 성능 좋은 송신기로 쓰였다. 브리키가 절망했을 때 니은이 보인 동정심이 문제가 되었다. 토드는 감정의 공조를 통해 전염된다. 공감은 전염과 같은 뜻이다.

니은은 분을 못 이겨 탈출선을 타고 나갔다가 요격당했고, 니은과 분노를 나눈 에밀은 절망에 빠져 브리키를 죽였다. 그리고 나는 홀로 남았다.

죄책감이란 실은 달콤하다는 것을 알게 되었다. 불쾌와 쾌의 불명확한 경계가 나를 어지럽게 했다. 기분 좋은 현기증 속에서 실수인 척 그른 일을 할 때, 그때 발끝까지 짜릿하게 올라오는 고양감을 기억한다.

내면에서 환희가 흘러넘친다.

송한별

장르 소설 작가 겸 기획자. '제5회 과학소재 장르문학 단편소설 공모전'에서 〈궤도 채광선 게딱지〉로 대상을 수상했고, 〈개가 된 존 버르의 인간성에 대한 소재〉로 브릿G에서 '개를 소재로 한 소설' 작가 프로젝트에 당선되었다. 개인 브랜드 미씽아카이브에서 상승과 소녀, 나비를 소재로 한 테마 단편집 《fly like a butterfly》를 기획, 출간했다. 원고 청탁 및 기획 제안은 언제나 환영.

404.error.missing@gmail.com

다른 사람의 생각을 온전히 이해할 수는 없다. 다들 자기가 아는 선에서 이해하고 상상할 뿐이다. 공감이란 현실보다 이상에 가깝다. 상대의 입장이 되어 상대의 상황을 소화할 수 있다면 얼마나 좋을까, 그런 생각을 하며 많은 순간을 보냈다. 앞으로도 그럴 것이다. 그래서 언젠가 한 번은 감정적 공백에 대해 이야기하고 싶었다. 이런 형태로 튀어나올 줄은 미처 몰랐지만 말이다.

과 거 와 함 께 걷 다

네크

1

띠링. 모니터 우측 하단. 효과음과 함께 작은 팝업이 떠오른다.

[메일이 도착했습니다]

무의식적으로 제목을 훑는다.

"'그녀를구하기위한방법'…"

이상한 제목이다.

나는 이메일 위에 마우스 커서를 가져다 올렸다.

2

"그래서, 이거 진짜 작동하는 거 맞지?"

남자는 재차 의심에 가득찬 목소리로 물었다.

-당연하지. 내 실력을 의심하는건가?

"아냐. 그건 아니지. 네 실력을 의심할 리가. 어떻게 그럴 수 있겠어. 이건 뭐냐, 그, 합당한 의심이라는 거야. 배심원들이 하는거 있잖아?"

휴대폰 속의 목소리에 남성은 금세 위축되고는 기어가는 목소리로 변명을 하기 시작했다. 목소리라고는 두 개, 사람은 한 명밖에 없는 좁은 방 안의 위계질서는 뚜렷했다. 고용주와 고용인, 관리자와 피관리자, 간수와 죄수, 그런 엄격한 상하관계.

"그렇게 작은데 폭탄으로써 제대로 된 위력을 낼까 해서. 솔직히 약속한 폭발을 생각하면 지나치게 작은걸."

-다행이군. 자네는 곧 그 작은 폭탄의 위력이 얼마나 화려한지 알 수 있게 될 테니까.

"아, 아니, 하지만…"

-걱정 말게. 자네의 그, 뭐냐. '대의'. 그런 건 잘 이뤄질테니.

"…알겠어."

남자는 만족하지 못한 목소리로 답했다.

-내 대답이 그렇게 만족스러워 보이진 않는군.

대답하지 않았다. 하지만 그 대답을 들은 듯 수화기 너머의 목소리는 다시 말을 걸었다.

-걱정 말게. 모두 잘 될거야.

남자는 조용히 고개를 끄덕였다. 그리고 창가의 블라인드로 고개를 가까이 가져다 대었다. 수화기를 들지 않은 왼손으로 챗살을 밀어내리자 지면에 반사된 햇빛이 환하게 쏟아져왔다.

거리는 아직도 인산인해를 이루고 있었다. 좀체 끝이 보이지 않는 차량의 행렬 또한 시야의 지분을 차지하고 있었다. 본디 사람이 지나가야 할 장소엔 각종 노점상이 자리잡았기에, 사람들은 수많은 차량과 비좁은 인도 사이를 왕복하며 겨우 앞으로 나아가고 있었다.

문득 한 소녀를 발견했다. 한 손엔 바닐라맛 아이스크림 콘을 들고 있었다. 정말 환하게 웃고서 길을 건너가는 아이였다. 무엇을 위해서 이곳에 오게 된 걸까? 아주 작은 우연이겠지만, 그런 우연에도 이유란 게 있기 마련이니까.

남자로서는 호기심이 생겼지만, 알 수는 없었다. 알 일도 없었다.

"그럼 시작하지."

-행운을 비네.

"…언제 한번 만나서 이야기했으면 좋겠군."

-그럴 일은 없네.

전화가 끊어졌다. 남자는 챗살을 놓았다. 튀어오르듯 형태를 되찾은 슬라이드는 원래 그래야 했듯 바깥으로부터 안을 가렸다. 혹은, 안으로부터 바깥을 가린 것일지도.

상관없었다. 어찌되든 남자와는 상관없는 일이었다. 얼마나 많은 소녀가 얼마나 맛있는 아이스크림을 먹던 그에겐 상관없는 일이었다.

남자는 문자를 전송했다.

띠링.

그리고 폭탄은 기폭했다.

백화점, 그러니까 그가 자리잡은 빌딩 건너편에 있는 거대한 복합 백화점에서 터진 폭발이 수많은 부자를 학살하길 그는 기도했다. 허나 폭탄의 힘은 기대 이상이었다. 폭탄은 자리하고 있던 1층은 물론, 2층과 3층 중앙에 자리잡은 사람을 전부 날려버리고, 백화점을 지탱하던 수많은 기둥 중 다수도 부수어낸 것이다. 폭탄의 충격파에 콘크리트와 유리로 이루어진 파편들은 이리저리 깨지고 튀어 날아 쇼핑의 중심지였던 백화점 앞 광장에 있던 사람의 살과 뼈를 찢어 놓았다. 하지만, 그것은 끝이 아니었다.

폭발로 생긴 진공을 다시 채우려는 물리법칙이, 이제는 정반대 방향의 벡터를 향해 작용하기 시작했다. 그 여파만으로도 백화점의 나머지 지지기반이 충격을 입기에 충분했다. 모든 기둥이 부서지거나 금이 가자, 육중한 덩치를 버틸 수 없었던 백화점은 스스로 무너졌다. 겁에 질린 사람들이 탈출을 시도하기도 전에. 백화점은 엄청난 먼지구름을 뿌리며 그렇게 붕괴했다.

-뭐 찾은 거라도 있어?

엘모 요원이 이어폰을 통해 말을 걸었다.

"아니. 이 녀석도 글러먹은 것 같아."

남자가 문자를 보냈던 바로 그 방에서, 타이투스 요원이 헬멧을 쓴 채로 말했다. 눈을 덮은 렌즈를 장착한 그 헬멧은 상당히 우스꽝스러워 보였고 타이투스 자신도 그렇게 느꼈지만 이런 일을 하는게 그의 직업이었기에, 그리고 그 헬멧은 실제로 유용했기 때문에 대놓고 불평한 적은 없었다.

"휴대폰을 확인할 수 있으면 좋겠는데."

-불가능한 거 알잖아. 그 휴대폰은 걸레짝이 돼서 복구가 불가능하다고.

"아니, 이걸 통해서 말야."

타이투스는 자신이 쓴 헬멧을 두들기며 말했다. 엘모로서는 그 모습이 보일 리 없었음에도 타이투스가 무엇을 말하는지 눈치채고는 퉁명스럽게 대답했다.

-말했지. PPVS로는 과거에 간섭할 수 없어. 일어났던 일을 관측하는 게 끝이라고. 대체 장비 운용 강좌 때 뭘 한 거야? 졸았냐?

"꿈은 꿀 수 있지."

타이투스는 툴툴댔다.

"그럴 수만 있다면 얼마나 편해지겠어. 이렇게 발로 뛰어가며 조사를 하지 않아도 될 테니까."

-하지만 그건 동시에 수많은 타임 패러독스를 불러올 거고…

"그딴 어려운 건 모르겠고. 흠. '너드' 녀석, 진짜 실마리를 하나도 남겨놓질 않는구만. 이 피피브이인가 뭔가 하는 걸로 이렇게 오랫동안 수사하는 것도 처음이야."

수많은 유리파편에 초토화된 방을 들추며 타이투스가 말했다. 겨우 벽에 매달린 블라인드의 챗살은 몇 남지 않아 빛을 가리기는커녕 몇 가닥의 선만을 방 바닥에 그리고 있었고, 그 선 밑으로 켜켜이 쌓인 먼지는 폭탄의 위력이 얼마나 살벌했는지를 실감하게 만들어주었다.

그리고 방의 정중앙에 남자가 쓰러져 있었다. 사후 3일, 감식반은 추측했다. 틀릴 수가 없었다. 그때 폭탄이 폭발하였음은 수많은 사람들과 증거가 증언하고 있다. 그는 자신이 의뢰한 폭발의 파편에 휘말려 죽게 된 게 명확했다.

Q.E.D. 모든 증거는 한가지 결과만을 말하고 있었다.

하지만 타이투스와 엘모는 그 사건의 원인을 쫓고 있었다. 이 무시무시한 폭탄의 제조범, 일명 '너드'. 결코 자신의 모습을 직접 드러내지 않는 미스터리한 사내.

그가 수면 위로 드러난 지 벌써 6개월째였다. 그간 3건의 테러가 일어났다.

"제기랄. 이런 최첨단 장비를 가지고도 찾아내질 못하다니, 이게 말이 돼?"

－하지만 그게 실제로 일어났습니다. 별수 있냐?

"과거로 돌아갈 수 있다면 방금 통화의 발신자를 역추적해서 위치를 정확하게 알 수 있을 텐데."

－안되는 거 알잖아. 애초에 우리가 과거에 간섭하는 게 불가능한 건 물론이고, 일회용 핸드폰을 언제나 바꿔대는 너드를 역추적하기도 힘들어. 좀 더 명확한 단서를 찾아야 해.

"하지만 이놈 집에도 가봤잖아. 온갖 음모론 찌라시 스크랩과 냄새나는 쓰레기 더미 속에서도 '너드'로 이어지는 단서는 없었어."

－그럼…

엘모는 말을 줄였다. 그래. 타이투스도 생각했다. 그럼 또다시 기다리는 수밖에 없겠지. 다음 테러가 일어날 때까지. 다음 사람들이 죽을 때까지.

하지만 그럴 수 없었다. 그렇게 되도록 놔둘 수 없었다.

"잠깐."

불현듯, 타이투스가 외쳤다.

"모든 라우터는 해당 라우터를 거치는 모든 패킷에 대한 기록을 외부 데이터 뱅크에 저장해야 한다. 기억하지?"

－어, 그거 보안과 안보에 관한 정보통신법률 개정안 이야기

하는 거야?

"어. 그거. 그 개정안이 발효된 이후 제조된 라우터는 독립된 데이터뱅크에 패킷 통신 기록을…"

-한 달 동안 보관하도록 되어있지. 하지만 전화는 전혀 다른 망으로 작동해. 전화가 기록되어 있을리는…

"전화가 아냐."

그리고 그는 고개를 돌렸다. 벽지가 떨어져 그 흉한 속내를 내보이는 방의 구석을 바라보았다.

"녀석은 '내 대답이 그렇게 만족스러워 보이진 않는군.'이라고 말했어. 그렇게 '만족스럽게 들리진 않는군'이 아니라. 그는 보고 있었다고. 이 상황을. 이 남자를."

타이투스가 쓰고 있는 헬멧 안에선, 방구석에 지금은 보이지 않는 무언가가 있었다.

카메라.

"'너드' 이 새끼, 웹캠으로 동업자를 지켜보고 있었어. 미친, 무슨 악취미인진 모르겠군. 하지만…"

-녀석의 침입 흔적이 라우터 데이터뱅크에 기록되어 있겠지. 제기랄! 천재 아냐! 지금 바로 해당 구역 공용 네트워크를 확인해볼게!

타이투스는 그 소리를 듣고서야 헬멧을 벗고는 웃었다. 머리에 쓰고 있던 헬멧이 답답해서였는지, 아니면 마침내 찾아낸 단서 때문인지, 그의 얼굴은 빨갛게 상기되어 있었다.

3

"녀석은 똑똑합니다. 그리고 이를 남에게 은근히 과시하고 싶어하죠. 소문 자체를 막진 않지만 자기 자신을 향한 증거를 확실히 제거한 건 은밀한 과시욕에서 비롯된 거죠. 이번 사건의 폭탄에서도 그 과시욕이 드러납니다. 테러범이 이야기했듯, 그의 목적을 위한 폭탄은 그렇게 위력이 강할 필요가 없었어요. 폭발에 테러범이 휘말린 걸 보면, 오히려 폭발을 통해 우연을 가장하여 자신과 닿을 수 있는 증인을 살해하려 조작한 정황 또한 유추할 수 있죠. 자신의 능력을 증명하면서 동시에 자신을 추적할 증거도 인멸한 겁니다."

엘모가 수많은 무장 경관 앞에서 말했다.

"하지만 그건 곧 방심으로 이어집니다. 너드는 우리가 역추적에 성공했다는 사실을 알지 못해요. 그게 가능하리라 생각조차 하지 않죠. 저희를 의심하기에는, 그 녀석은 너무 오만해요. 너드의 의식의 흐름에는 들킨다는 가능성 자체가 결여되어 있습니다. 그게 바로 우리의 이점입니다. 이미 이야기해드린 계획에 따르면, 저희는 1층과 2층, 지하에 동시에 진입하여 1분 안에 건물을 제압할 예정입니다."

바통을 이어받은 타이투스가 설명을 마치자, 한 경관이 손을 들어 보였다. 타이투스는 그를 향해 고개를 끄덕였다.

"폭발물을 다루는 사이코패스라면 전에도 다룬 적이 있었습니다. 녀석의 집은 온갖 부비트랩으로 가득 차 있었죠. 바로 그 작전에서 존슨 경사가 부비트랩 하나를 잘못 건드려 팔 한쪽이 날아가 버릴 뻔 했습니다. 속전속결로 진입한다면 그런 부비트랩에 취약해질 수밖에 없는데 어떻게 대처하실 겁니까?"

그의 말에 옆자리에 앉은 경관도 고개를 끄덕였다. 타이투스는 그 경관의 두 눈을 바라보며 안심하라는 표정을 지으며 말했다.

"괜찮습니다. 프로파일링에 따르면, '너드'는 자신의 집이 안전하다고 느껴요. 그건 앞서 말씀하셨던 '매드버머'와는 다른 방향의 안도감입니다. '매드버머'는 자신을 정부가 사찰한다는 음모론을 끊임없이 주장하며 끝없는 불안감을 느꼈죠. 자신의 집조차 정부에게선 안전하지 못하다고 믿었던 겁니다. 자신의 편집증으로부터 안전해지기 위해, '매드버머'는 집을 각종 함정으로 요새화 시킬 수밖에 없었던 겁니다.

하지만 '너드'와 같은 자아도취형 범죄자는 오히려 자신이 사회 안에 숨어 있다는 사실에 안도감을 느낍니다. 자신을 알아채지 못한 군중 속에서 우월감을 느끼죠. 녀석이 굳이 유동 인구가 많은 도시의 건물을 통째로 구매해서 살아가는 이유가 그래서입니다. 숲속에서 홀로 살아가며 사람들의 관심을 받는 것보다, 사람들 사이에 숨는 게 더 안전한 걸 아는 겁니다. 그런 '너드'가 자신의 집을 요새화했을 가능성은 적습니다. 대대적인 요새화엔 꽤나 커다란 공사가 필요하고, 그 과정에 남이 자신의 진짜 의도를 알아내거나, 적어도 불필요한 관심을 받게 될 위험을 감수할 사람은 아니니까요.

하지만 걱정은 이해합니다. 프로파일링은 정답이 아니니까요. 때문에 건물에 진입하면 여러분에게 지급한 마르쿠스 입자 탐지기에 항상 귀를 기울이시기 바랍니다. 마르쿠스 입자란 인체에 무해한 방사성 입자입니다. 아직 실험실에서 연구용으로만 쓰이고 있는 물질이죠. '너드'는 자신의 폭탄에 그 입자를 넣어 놓는데, 그 역할은 밝혀진 바 없지만 저희는 이 입자를 녀석의 서명으로 파악하고 있습니다. 때문에 만약 탐지기가 시끄럽게 울기 시작한다면 그 자리에서 멈추고 저희를 불러주세요. 알겠습니까?"

"예."

경관은 고개를 끄덕였다.

"다른 질문?"

다른 경관들은 고개를 저었다. 엘모는 미소를 지으며 말했다.

"자. 그럼 이 개새끼를 잡으러 가봅시다."

4

"이상 무!"

목소리가 건물 내에 울려 퍼졌다. 사무실은 비어 있었다.

모든 사무실이 비어 있었다.

"제기랄!"

엘모가 절규했다.

"이 개새끼! 대체 어떻게 안거야! 이런 씨발!"

"엘모. 엘, 엘모."

타이투스가 분노를 표출하는 엘모의 이름을 불러 진정시키
려 노력했지만 헛수고였다. 그녀는 자신을 기만한 너드와 폭탄
을 어처구니 없는 목적을 위해 이용한 테러범과 그녀 옆에 멀
대같이 서있는 타이투스와 사람을 구하지 못한, 그리고 또 구
하지 못할 자신을 용서할 수가 없었다.

"정보는 정확했다고! 모가지를 비틀어버려도 시원찮을 새
끼! 지 잘난 줄만 알고 남은 하나도 생각하지 않는 씨발 새끼!"

타이투스는 한숨을 쉬었다. 저런 엘모를 멈출 수 있는 방법
은 없었다. 그녀가 화를 풀 때까지 가만히 둘 수밖에 없었다. 그
는 이 상황을 부담스러워하던 옆의 경관을 조용히 방 밖으로
내보냈다. 미치광이들을 감당할 수 있는 게 두 사람 뿐인 것처
럼, 분노한 엘모를 감당할 수 있는 건 타이투스 한 명밖에 없었
으니까.

"엘모. 진정해."

"씨발! 대체 뭘 진정해! 뭣 때문에 진정하게 생겼냐고! 또 다른 사람이 뒈지게 생겼는데 너라면 진정할 수 있겠어? 씨발!"

타이투스는 혀를 차고서 문을 닫았다. 그녀가 이 정도로 화난 모습은 파트너가 된지 7년이 되고도 처음 있는 일이었다. 이런 꼴을 다른 사람에게 보일 수야 없었다.

문을 닫고 바라본 창은 먼지가 겹겹이 쌓인 듯 도시의 빛이 새어 들어오지 못해 방안을 어둡게 가리기만 했다. 한숨을 쉬었다. 좇같은 새끼. 그는 엘모가 너드를 향해 욕하고 싶은 대로 욕하도록 내버려 두었다.

그 또한 그렇게 소리지르고 싶은 심정이었으니.

쾅. 쇠가 떨어지는 소리는 바로 그때 들렸다.

"뭐지?"

쾅.쾅.쾅.쾅.쾅. 소리는 멈추지 않고 계속해서 이어졌다. 그 소리는, 엘모와 타이투스를 감싸고 시끄럽게 울려퍼지고 있었다.

사태의 심각성을 두 베테랑 요원은 금세 깨닫고 문을 향해 다가갔다. 쾅. 문은 닫혔다. 원래 있었던 문이 아닌, 강철로 만들어진 벽이 문틈에서 내려와 복도와 둘을 갈라섰다.

그리고 소음이 이어졌다. 귀를 찢는 소음. 마르쿠스 입자 탐지기가 소리를 지르기 시작했다.

"이런 씨발."

아까와는 다른 어조로, 엘모가 욕을 지껄였다. 차분하게.

그리고 눈을 감고 어두운 방 안에서 폭발을 기다렸다.

소리는 일분간 이어지다, 파직 하며 부서졌다.

폭발은 일어나지 않았다.

-엘모 요원님, 타이투스 요원님. 만나서 반갑습니다. 옛 마르쿠스 연구소의 연구실장을 맡고 있던 김찬민이라고 합니다.

대신 남성의 목소리가 들려왔다.

눈을 떴다. 원래 창이 있었던 벽에 홀로스크린이 떠올랐다.

동양인. 30세 중반. 눈에 띄는 상처 없음. 깔끔한 용모. 친숙한 목소리. 전화기 속의 목소리. 타이투스는 생각했다.

침착함. 관용적임. 하지만 단호함이 느껴짐. 평소엔 온화함. 하지만 살인자. 수많은 사람들의 살인자. 엘모는 생각했다.

-만나게 돼서 반갑습니다. 직접 뵈지 못해 아쉬운 얼굴들이시군요.

엘모는 한숨을 쉬었다. 그리고 권총을 홀스터에서 뽑아 바로 쏴재꼈다. 귀를 찢는 소음이 방 안에 울렸지만 엘모는 개의치 않았다.

탄창을 비우고 슬라이드가 젖혀지고야 엘모는 총을 다시 홀스터에 집어넣었다. 변한 건 없었다. 총알은 이 상황에 아무런 도움도 되지 않았다.

-하시고 싶은 말씀이 뭔진 잘 알겠습니다. 하지만 저는 싸우

고자 두 분을 부른게 아닙니다. 서로를 이해하는 시간을 가졌으면 해서 말이죠.

"이해따윌 할 필요가 있나? 네 행동이 널 대변하고 있어. 그리고 넌 흥미를 위해 폭탄을 팔아재끼는 개새끼지."

엘모가 말했다.

-범죄심리학 박사 학위를 따신 분이 그렇게 말하실 줄이야. 지금에서야 말하지만, 정말 죄송합니다. 진심이에요.

"이봐, 찬민, 아니 민찬인가. 좋은 함정이었네. 자네가 우리 신분을 아는 시점에서 우리 쪽의 정보가 새어나간게 틀림없겠지. 마르쿠스 입자로 겁준 것도 그렇고. 하지만 우리를 죽이지 않다니? 뭔 생각을 하는 거야? 우리가 탈출한 순간 무슨 짓을 할 지 눈치채지 못한 건가? 내가 답해주지. 얼마나 걸리든 우린 자넬 찾아낼 거고, 찾아낸 바로 그 자리에서 자넬 죽여버릴 거야. 그냥도 아냐. 네녀석의 살갗을 하나하나 베어 소금에 재운 뒤, 네녀석의 엄살을 하루이틀 정도 듣다가 심심해지면 머리에 총알을 쏘아주지. 못할 것 같나? 우리가 한낱 공무원으로 보이나? 그럼 그 잘난 머리로 한번 세 보라고. 불현듯 멈춘 연쇄살인이 몇 건이나 될까? 그 녀석들이 어떻게 됐을까? 갑자기 개과천선해 살인을 멈추기라도 한 걸까? 아니지, 아냐. 그 놈들은 우릴 만났어."

타이투스가 낮게 읊조렸다. 그랬기에, 그의 말은 훨씬 더 무게감을 가지고 공포 그 자체로 다가왔다.

하지만 찬민은 두려움에 떨지는 않았다. 그렇기는 커녕 고개를 저으며 여유로운 표정으로 둘을 바라볼 뿐이었다.

상황은 변하지 않는다. 타이투스는 그 사실을 깨닫고 무전기를 켠 채 말했다.

"수신한 경관은 응답하라. 여기는 타이투스 요원. 지금 범인으로 추정되는 용의자 '너드', 김민찬에 의해 엘모 요원과 함께 205번 사무실에 감금되어 있다. 수신한 요원은 모두 응답하라. 이상."

그리고 송신 버튼에서 손을 뗐다. 소리가 들려왔다. 지직거리는 소리가.

타이투스는 다시 말했다.

"여기는 타이투스. 지금 엘모 요원과 함께 205번 사무실에 감금되어 있다. 들리는 요원은 아무나 응답하라. 이상."

하지만 여전히 잡음밖에 들리지 않았다.

"대체 무슨…"

"기다려봐. 본부 쪽에 전화해볼게."

엘모가 휴대폰을 꺼냈다. 슬라이드, 슬라이드. 그리고 눌렀다.

-위 번호는 지금 통화중이므로…

"뭐?"

엘모가 놀라며 말했다.

"잠깐 씨발, 이거 직통 아니었어? 대체 무슨…"

엘모는 전화를 끊었다. 그리고 다시 같은 버튼을 눌러 통화를 걸었다.

이번에는 그 목소리가 변해있었다.

-위 번호는 없는 번호임으로…

"뭐라고?"

엘모는 당황했다. 이 번호가 걸리지 않을 리가 없었다. 그녀와 타이투스 둘만이 이용하는 번호였다. 직통으로 본부와 연결 가능한 유일한 번호였다. 때문에 다른 사람이 통화할 리는 없었다. 번호가 발각되어 불특정 다수에게 전화가 걸려오지 않는 한, 갑자기 번호가 사라질 일도 없었다.

"대체 무슨 짓을 한 거야?"

-저는 아무것도. 뭔가 했다면, 엘모 당신이 한 게 아닐까요?

그가 차분하게 말했다.

-저는 단지 이야기를 하고 싶을 뿐입니다.

엘모가 소리치기 전에, 타이투스가 팔을 뻗어 그녀를 제지했다. 그리고 말했다.

"들어보자고."

-현명하시군요. 아무래도 저와 여러분은 꽤 오랜 시간 같이 있어야 할 것 같으니 말이죠.

엘모는 타이투스에게 화를 내려 했다. 하지만 타이투스가 고개를 저었다. 더 많은 정보가 필요하다. 오랜 파트너로서의 감이 그의 말을 대신했다. 나르시시스트. 가만히 놔두면 알아서 정보를 뱉는 이들. 엘모는 한숨을 쉬고 스크린을 향해 고개를 돌렸다.

-자, 어디서부터 이야기를 시작할까요? 그래요. 여러분은 마르쿠스 입자에 대해 아시는 게 있습니까?"

타이투스는 고개를 저었다.

"기밀이라더군. 네가 다녔던 마르쿠스 연구소는 문을 닫은 지 오래였고, 관련 정보는 기밀로 처리되어 있었지. 겨우 찾은 관련자로부터 그 입자가 '해롭지는 않다'라는 이야기만을 들었을 뿐이야."

-맞는 말입니다. 마르쿠스 입자 자체는, 고용량의 정보를 양자처리를 통해 '인쇄'하는 과정에서 발생하는, 이를테면 메아리에 가까운 입자니까요. 그 자체로는 아무것도 하지 못하죠. 중요한건 그 발생 원인입니다. 저희 연구소는 그 원인을 규명하고 재현하는 데에 집중하고 있었습니다.

찬민이 말했다.

"어째 그 연구가 모든 일의 중심에 있는 것 같은 느낌이 드는구만. 말해보라구."

타이투스의 말에 찬민은 고개를 끄덕이고 말했다.

-그건 순간이동입니다.

피식. 엘모가 비웃었다.

"농담하는거지?"

-아닙니다, 엘모 요원. 하나 묻죠. 지금 당신이 어디에 있다
고 생각하십니까?

침묵이 찾아왔다.

엘모는 당장 핸드폰을 꺼내 지도 앱을 켰다. 통신은 열려있
었다. 하지만 그녀는 손바닥 위에 펼쳐진 상황을 이해할 수 없
었다. 불가능했다. 휴대폰은 자신이 고도 1500m의 숲속에서 길
을 잃었다 증언했기 때문이었다. 엘모와 타이투스가 쳐들어간
빌딩으로부터 546km가량 떨어진 곳이었다.

"뭐야 이게… 무슨 장난을 하잖…"

-순간이동. 정확하게는 물체는 이동하지는 않습니다만. 특
정 위치에 있는 물건의 정보를 인식하고, 분석하고, 부호화 시
켜 이를 양자 데이터로 구현해 목표 위치로 보내고 그곳에서
복호화 시킨 뒤 재현하는 거죠. 그 과정에서 물질 자체의 분해
는 필수적입니다만, 정보 손실량은 지금 여러분이 계신 방 기
준으로 분자 한두개밖에 되지 않으니, 원본과 차이가 없다고
봐도 무방합니다. UN이 전 세계를 대상으로 구축한 양자 데이
터 링크 도움을 많이 받았죠.

"무슨 소리를 하는 거야?"

엘모가 물었다. 찬민은 이를 무시하고 이야기를 이어 나갔다.

-본론으로 들어가죠. 순간이동 장치를 개발한 날이었습니다. 제리, 그러니까 저희 연구소의 실험쥐를 텔레포트하는데에 성공한 직후였죠. 저희 연구진은 성과를 내야 된다는 끊임없는 스트레스에 시달리던 상태라, 그 성공은 정말 충격적으로 다가왔습니다. 모두가 기뻐했죠. 피터가 술을 사왔고, 저희는 그래서는 안되지만 연구실에서 파티를 열었습니다. 그날, 술에 거나하게 취한 저희들이 무엇을 했는지는 모르겠습니다. 하지만 그 결과는 명확했습니다. 술에 깼을 때, 카렌은 분자단위로 분해되어 있었습니다.

"…"

아무도 말을 하지 않았다.

-저는… 그녀를 사랑했어요. 아시죠? 자연스럽게 같이 있다 보면, 그런 감정이 생기지 않겠습니까?

"아냐."

타이투스가 고개를 저었다. 엘모도 고개를 끄덕이며 말했다.

"네가 할 말은 뻔하군. 그녀를 되살리기 위해 어쩌구저쩌구. 개소리는 그만해. 나와 타이투스는 벌써 7년째 미친놈들을 같이 쫓고 있지만 네가 말한 감정은 한번도 느낀 적이 없어. 정신이 똑바로 박힌 사람이라면 모두 그럴 거고. 넌 그냥 자기가 영웅이 된 양 착각하는 한 명의 변태새끼에 불과해."

찬민은 침을 삼켰다. 그리고는 조심스럽게 말했다.

―…네. 요원님들 말이 맞을 것 같네요. 그녀를 되살린다고 해도 제 짝사랑이 보답받을 리는 없겠죠. 저도 잘 알고 있습니다. 때문에 그걸 원하지도 않습니다. 제가 요구하고 싶은 것은 다릅니다. 저는 누구에게 PPVS를 받으셨는지를 묻고 싶을 뿐입니다.

다시금 정적이 찾아왔다. 이번에는 타이투스가 침을 삼켰다.

"무슨 소리를 하는지 모르겠군."

PPVS는 공식적으로는 존재하지 않는 물건이었다. 고참 요원으로부터 후배 요원에게 전해 내려오는, 마치 가문의 가보에 가까운 기밀 장비였다. 우스꽝스러운 전통이었지만 덕분에 전산상으로는 존재하지 않는 물건이었다. 그 존재를 알 리 없었다. 그럼에도 이 자는 그 존재를 알고 있다.

―잘 아시지 않습니까? 저는 많은 걸 바라는게 아닙니다. PPVS를 건네 준 요원의 이름을 알고 싶은 것뿐입니다. 그런 식으로 역추적하다 보면 PPVS의 원천 기술에 닿게 되겠지요. 이런 저를 도와주신다면, 여러분의 악몽은 정말 빨리, 신속하게 끝날 수 있습니다.

"무슨 소린지도 모르겠고, 답할 수도 없겠군."

엘모가 말했다.

-왜 원천기술이 필요한지 모르는 눈치시군요. 분명 PPVS는 과거에 간섭하지 않도록 디자인되어 있습니다. 하지만 그게, 과거를 향해 정보를 보내지 못한다는 것을 의미하진 않죠. 생각해보세요. 물체는 빛을 뿜어내지 않습니다. 빛이 물체에 반사되고 나서야, 우리는 그 물체를 인식할 수 있게 되죠. PPVS의 원리는 이와 유사합니다. 과거를 향해 빛을 보내고, 거기서 반사되는 잔향을 구현하는 기기라고 볼 수 있는거죠. 다시 말해, 그 기기의 원리엔 과거에 정보를 보내는 방법이 포함되어 있습니다. 저는 그 방법을 알고 싶습니다. 그 방법으로 과거를 향해 말을 걸고 싶습니다.

타이투스가 무언가를 말하려 했다. 하지만, 이번에는 엘모가 막아섰다.

"무엇을 이야기하는지는 몰라도, 네가 원하는 말을 할 일은 없을거야."

찬민은 엘모의 말에 가만히 있었다. 무엇을 생각하는 걸까? 다음 수? 엘모는 추측했다. 시간이 지나고서야 찬민은 고개를 끄덕였다.

-만약 제가 PPVS의 원천 기술의 도움을 얻는다면, 과거로 정보를 보내는데 성공할 수 있을 겁니다. 장담합니다. 저는 그날 일어났던 일을 없었던 것으로 만들 수 있습니다. 그리고 만약 제가 성공한다면 그녀가 살아나겠죠. 살아나는건 그녀뿐만이

아닙니다. 그녀가 죽지 않았다면 저는 여러분을 꾀어내기 위해 테러를 저지르지 않았을 테니까요. 지금까지 죽었던 수많은 사람이 살아나는 겁니다.

엘모는 침을 삼켰다. 그렇게는 생각하지 못했다. 엘모는 타이투스에게 고개를 돌렸다. 하지만, 그는 고개를 저었다. 그럴 수는 없었다.

알았다. 엘모도 알고 있었다. 비록 그 말이 진실일지언정, 그가 방약무인한 범죄자임에는 변함이 없었다. 그건 너드의 본성이었다. 그가 저지른 행동에서 비롯된 결론이었다.

결국, 그는 수백의 사람을 죽인 살인자가 아닌가.

그런 그가 과거를 바꾸는 힘을 가지게 된다면 무슨 일이 벌어질지 상상조차 할 수 없었다. 그렇게 놔둘 수는 없었다.

수백의 죽음은 견디기 힘들었다. 하지만 그렇다고 해서 살인자에게 총을 쥐어줄 수는 없었다.

둘은 함구했다.

찬민은 입을 열었다.

-알겠습니다. 두 분은 보내 드리도록 하겠습니다. 가만히 계신다면 원래 계셨던 곳으로 돌려 드리겠습니다.

무슨 말을 하는지 엘모는 이해할 수 없었다.

"우릴 보내준다고?"

찬민은 대답하지 않았다. 마치 들리지 않는 것처럼. 기분 나쁜 역겨움이 화면으로부터 꾸물꾸물 기어 나오는 것만 같았다. 불길한 예감이 두 사람을 엄습했다. 그럼에도, 엘모는 그 감정이 무엇으로부터 기인하는지 알 수가 없었다.

"무슨- 이런 미친 새끼가!"

그리고, 험하게 욕설을 내뱉은건, 타이투스였다.

"이런 개또라이 새끼가! 뭔 짓을 한 거야! 이 미친 새끼야!"

타이투스가 이성을 놓고 소리쳤다. 어두운 방 안에서, 엘모는 그가 눈물마저 흘리는 것을 알 수 있었다. 슬픔이 아니라, 공포에 가득 찬 눈물.

"왜 그래 타이투스? 무슨 소리야?"

엘모가 물었다.

-역시 최대한 조건을 같게 하려 했지만, 외부로부터의 개입은 예상치 못했네요. 뭐, 그 천둥소리 덕분에 빠르게 끝나긴 했습니다만.

"엘모, 이 미친 새끼는 순간이동을 한번만 한 게 아니야."

타이투스는, 찬민이 말하는 와중에 말을 했다.

-현기증은… 제가 어떻게 할 수 있는 부분이 아니라서요. 참으시면 금방 끝날 겁니다.

"이 새끼는 우리 둘만 상대하던 게 아니었어. 왜 난 눈치를 채지 못했던 거지? 녀석은-"

-나머지분들은, 안타깝지만 여기서 작별인사를 드려야겠네

요.

"-저 또라이는, 우리 둘을 몇 쌍이나 복사해 똑같은 질문을 던진 거라고."

타이투스는 그렇게 말하고는 화면을 향해 살려달라 소리쳤다.

하지만 화면은 부질없이 빛을 잃고 어둠 속에 녹아들었다.

2

이런 메일은 전에도 본 적이 있었다. 한숨을 쉬었다. 똑같은 메일이 그의 계정으로 수십통씩 날아들고 있던 것이다.

찬민은 한숨을 쉬며 그 메일을 드래그해 휴지통으로 밀어 넣었다.

그리고 마우스 커서를 움직였다.

'휴지통 비우기'

망설임 없이 버튼을 클릭했다.

문이 열렸다. 시끄러운 발소리. 쾌활한 목소리. 피터였다.

"이봐, 킴! 나와! 제리의 생환을 기념하는 파티를 해야지!"

그의 얼굴을 보지 않고도, 그가 상당히 취해 있음을 알 수 있었다. 불명확한 발음에서부터 옅은 술냄새까지, 완벽했다.

찬민은 대꾸할 수 있었다. 적어도 연구소에서 술을 마시는 건 부적절하다고 비판할 수 있었다.

하지만 왠지 그럴 기분이 들지 않았다. 찬민은 술을 그리 좋아하지도 않았음에도.

하지만, 그렇지 않은가. 우리는 방금 불가능한 일을 해냈다. 그 정도야. 찬민은 생각했다.

"알았어. 금방 갈게."

노트북을 덮고 찬민은 말했다.

네크

글도 쓰고 팟캐스트도 하는 사람.

https://applejack.tistory.com/

http://www.podbbang.com/ch/5799

'과거와 함께 걷다' 자체는 2016년도에 쓴 글입니다. 자고 일어나면 강산이 바뀌는 이 시대에, 3년이라는 긴 시간 동안 많은 일이 일어났죠. 때문에 이 글보다, 지금 우리가 사는 이 세상이 더 SF에 가까울지도 모릅니다. PPVS나 시간 이동 장치는 없을지언정 말이죠.

이렇게 말하고 보니, SF라는 장르적 분류가 얼마나 모호한지 다시금 깨닫게 됩니다. 지금 우리 주위에 있는 전문 단어를 그럴싸하게 조합해서 넣어도, SF라고 이야기할 수 있을 테니 말이죠. 그래서인지 저는 장르 자체보던 이야기가 하고 싶은 감정에 눈이 가게 되곤 하더라구요. 이 글을 읽어주신 여러분들도, 이 글 뿐만 아니라 다른 작가분들의 단편을 읽고 나름의 감정과 즐거움을 받아 가셨으면 좋겠습니다.

4 분

은상

1

형광등보다 더 창백한 조명. 그 조명을 받아서 하얗게 반사된 얼굴. 그 얼굴에서 올려다보는 겁먹은 눈동자. 소년은 그렇게 누워 있었다.

"아프지도 않을 거고, 금방 끝날 거야." 이장수 형사가 말했다.

사실은 조금 아플 수도 있고, 시간이 걸릴 수도 있다. 물리적인 시간이야 4분 정도 흐르는 게 전부이겠지만 소년이 느낄 시간이 어느 정도인지는 감을 잡을 수 없다. 이장수 형사는 위로해주려고 한 말이겠지만 무책임한 말이다. 하긴 소년을 데려온 것부터 무책임한 일인데 지금 와서 따지는 건 아무 소용이 없겠지.

'원래 이러려던 것은 아니었는데.'

승현은 ICP에 누워 있는 소년을 보고 그런 생각을 했다.

머릿속에 무엇이 들어 있을지 전혀 예상이 되지 않는 소년. 승현은 오늘 이 아이의 머릿속을 들여다봐야 한다.

2

한 달 전 그날 슬쩍 눈만 감았어도 이런 일을 하지는 않았을 것이다. 그날 승현은 오래간만에 집에 돌아와 크림도 설탕도 없이 인스턴트커피를 타서 한 잔 마시고 있었다. 텔레비전도, 오디오도 없는 집은 그야말로 미니멀리스트의 극단이라고 해도 될 듯하다. 딱 한 명만 앉을 수 있는 소파, 그 앞의 테이블에 놓인 노트북만이 거실에 있는 전부다. 승현은 아무것도 없는 거실에 앉아 멍하니 머리를 비우는 이 시간을 좋아한다.

초인종이 울렸다. 승현은 벽 쪽으로 고개를 돌렸다. 아무것도 없는 거실에 어울리지 않는 커다란 모니터가 벽과 천정의 중간쯤에 매달려 있었다. 초인종이 울리면 자동으로 켜지게 되어 있는 모니터에는 한 여인이 보였다. 승현은 리모콘을 조작해 화면을 확대했다. 여인의 얼굴이 보였다.

서른 중후반, 키는 160센티미터가 조금 안 되는 듯하고, 3월에 어울리지 않게 두꺼운 코트를 입었다. 국과수에서 검시를 담당하고 있어서 그런지 승현은 자동적으로 머릿속에다 여인의 프로필을 만들었다. 고화질 CCTV를 달아놓았지만 알아낼수 있는 건 거기까지다.

모니터는 자동으로 꺼졌고 승현은 고개를 돌려 커피를 마셨다. 찾아올 사람이 없는 집이다. 택배도, 종교 활동도, 가스검침도, 무엇을 하더라도 너무 늦은 시간이다.

다시 한 번 초인종이 울리고 모니터가 켜졌다. 승현은 리모콘을 조작해 다른 각도의 CCTV를 살펴보았다. 옆모습을 보아도 모르는 사람이다. 승현은 언젠가부터 사람과 어울리고 싶지 않았다. 어쩔 수 없는 경우를 제외하고 승현이 상대하는 건 산사람이 아니라 죽은 사람이다. 죽은 사람은 말을 하지 않지만 거짓말도 하지 않는다. 죽은 사람의 진실을 탐구하는 일만이 사명이라고 생각하고 살아왔다.

이번에는 집요하고 길게 초인종이 울린다. 반드시 뭔가 이루어야겠다는 듯 초인종 소리는 폭력적이기까지 하다. 가만히 있으면 그냥 가지 않을까? 지쳐서 갈 때까지 참는 게 나을까, 아니면 쫓아버리는 게 나을까? 승현은 시간도 아낄 겸 쫓아버리는 쪽을 택하기로 했다.

최대한 사무적으로 아무 관심 없다는 목소리를 내려고 헛기침을 몇 번하고 승현은 리모콘 버튼을 누르고 말했다. "누구십니까?" 다음 대화가 "무엇을 하려고 왔는데요"로 이어진다면 바로 "관심없습니다"라고 말하고 단호하게 끊을 생각이었다.

"현승현 박사님이시죠? 꼭 부탁드리고 싶은 것이 있어서 왔어요. 제발 저 좀 만나주세요."

"관심없습니다"라고 말할 시점을 놓쳤다. 전혀 모르는 여인이 이름까지 알고 찾아왔다. 얼굴 쪽으로 화면을 다시 확대했지만 역시 모르는 얼굴이다.

"제발 부탁드립니다. 제발요."

모니터의 여인이 눈물을 한 방울 떨어뜨리는 게 보였다. 그 눈물을 보니 더 문을 열어주기 싫었고 만나기도 싫었다. 무슨 일인지 모르지만 골치 아픈 일이 될 것 같다는 예감이 들었고, 상황이 그랬다. 승현은 주저했다. 그 주저만큼 침묵이 생겼다.

"이장수 형사님 소개로 왔어요. 박사님이라면 분명 뭔가 할 수 있다고. 우리 딸아이 이야기를 들어줄 수 있을 것이라고 했어요. 뭔가 알 수 없는 능력을 지닌 분이시라고 그 분이 말했어요. 제발, 쫓아내시더라도 제 말만 좀 들어주세요."

문이 열렸다. 승현은 어디까지 알고 와서 이 여자가 떠드는 것인지 들어야 했다. 이장수가 어디까지 알고 있는지도 알아야 했다. 다른 CCTV로 채널을 바꾸었다. 인조잔디가 깔린 마당으로 여자가 걸어 들어왔다. 집에서 생명이 자라는 게 싫어 원래 있던 천연잔디를 걷어내고 깐 인조잔디다. 여자는 작은 가방 외에 들고 있는 것이 없지만 그래도 어떤 일이 일어날지 모르니 잘 살펴봐야 한다.

승현은 현관문을 열어주었다. 그리고 여자의 실물을 보았다. 화면으로 볼 때와는 다르게 피곤한 기운이 역력하게 느껴졌다. 나이가 몇 살은 더 많아 보인다.

"이장수 형사에게 무슨 말을 들었습니까?" 승현은 물어보았다. 여전히 한 손에는 커피잔을 쥐고 있는 상태다. 그 사이에 뜨겁던 잔은 식어 있었다.

여자는 무릎을 꿇었다. 승현은 한 발자국 뒤로 물러났다.

"제 딸 승애가 왜 죽었는지 알도록 도와주세요. 벌써 오 개월이 지났는데 아무것도 알지 못해요. 아는 사람도 아무도 없어요. 제발 박사님이 알려주세요."

확실히 뭔가 알고 왔다. 이장수 형사는 이전에 살인사건 때문에 얽힌 적이 있다. 아무 증거도 남지 않은 살인사건이었다. 성폭행의 흔적이 있었고 목이 졸렸다는 것 외에는 국과수도 밝힐 수 있는 것이 별로 없었다. 체모 하나 남기지 않은 사건이었다.

승현은 그 사건에서 처음으로 자신이 개발한 ICP를 사용했다. 인스턴트 커넥톰 포저(Instant Connectome Pauser), 순간 커넥톰 정지 장치 정도로 해석하면 될 이름이다. 기계의 원리는 일반적인 자기공명영상장치와 크게 다르지 않다. 정말 중요한 기술은 뇌의 커넥톰을 순간적으로 해독해 영상화하는 장치에 있다. 커넥톰을 분석하면 말 그대로 기억을 재생할 수 있다. 그러나 ICP는 승현이 개인적으로 만든 것이고, 그것을 이용해서 분석하더라도 증거 능력은 없다. 믿어줄 사람도 없다. 죽은 사람의 기억을 재생한다고? 무당이라는 소리나 듣지 않으면 다행이다.

이장수 형사의 눈치는 심하게 빨랐다. 승현이 증거가 아니라며 건넨 몇 가지 단서를 가지고 범인을 잡았다. 범인은 여자가 키우는 강아지를 맡긴 병원의 수의사였다. 지독하게 꼼꼼한 범인은 근처 CCTV를 모두 파악하고 범행을 저지르기 전에 수술복과 수술모자, 콘돔까지 챙겨가서 사용할 정도였고, 범행이 끝난 후에 가져온 진공청소기로 청소까지 완벽하게 하고 떠났다. 승현은 피해자의 기억에 남아 있는 수의사의 인상착의를 분석했다. 그 사실을 이장수에게 알려줄지 말지 몇 번을 고민하다가 수의사가 흔히 사용하는 약품 같은 것이 살짝 보인다고 말해줬을 뿐인데도 이장수는 승현이 뭔가 범상치 않은 방법을 사용한다는 것까지 유추하고 조사까지 한 모양이다.

"어디까지 알고 있는 겁니까?" 승현은 다시 한 번 물어봤다.

여자는 이장수에 대해 이야기해줬다. 내용은 익히 짐작하던 바였다. 그러고 보니 여자는 아직 무릎을 꿇고 있었고, 승현은 커피잔을 든 채였다.

"내가 너무 불편하니까 저 소파에 앉아서 얘기하세요." 승현은 소파를 가리켰다.

여자는 고개를 저었다. "아니요. 제 부탁을 제발 들어주세요. 다른 것은 아무것도 필요 없어요. 그저 알고 싶을 뿐이에요."

승현은 자신의 인상이 구겨지는 것을 느꼈다. 마음속에 불편함이 일어나는데, 이 불편함이 어떤 종류인지 알 수 없었다. "그 부탁 들어줄 테니까 제발 소파에 앉아서 이야기하세요. 그 상태로는 내가 이야기를 들을 수도 없습니다."

여자는 고개를 들었다. 갑작스럽게 승낙을 들어서인지 눈이 커져 있었다. 아마도 조금 더 매달려야 할 것이라고 각오하고 온 듯했다. 여자는 머뭇거리다가 일어났다. 갑자기 일어나서 불편한지 살짝 비틀거렸다. 승현은 여자를 부축해주었다. 살아 있는 사람과 신체를 부딪치는 것이 몹시 생소했다.

여자는 소파에 앉아 이야기를 시작했다.

여자의 이름은 송미현, 딸의 이름은 송승애. 2년 전에 이혼해서 딸의 성을 엄마의 성으로 바꿨다. 딸은 다섯 살. 당시에 말이다. 승애는 5개월 전에 어린이집 놀이터에서 죽었다. 다른 아이들하고 떨어져 있었고 선생님도 하필 잠깐 자리를 비웠다. 어디서 날아온 것인지도 모르는 깨진 보도블록에 머리를 맞았고, 그 자리에서 사망했다.

근처 CCTV를 모두 확인했지만 아이가 맞는 장면도 누군가 돌을 던지는 장면도 찍혀 있지 않았다.

"부검은 해보셨나요?"

승현이 묻자 미현은 고개를 끄덕였다. 승현의 기억에는 없는 것으로 봐서 다른 검시관이 담당한 일인 듯하다.

미현은 손을 떨었다. 승현은 줄 것이라고는 유일한, 인스턴트 커피를 끓여서 여자의 손에 들려주었다.

"머리 상처 때문이 아니래요. 쉽게 말해준다며, 놀라서 그런 것이라고, 심장마비라고…… . 전 아무것도 모르겠어요. 왜 무슨 일이 일어난 건지. 그걸 알아야 해요. 그걸…… ."

끝내 미현은 눈물을 흘렸다. 어깨가 계속 들썩인다.

원발성 쇼크일 가능성이 가장 높다. 갑자기 충격을 받으면 미주신경이 심장을 정지시켜 버리는 것이다. 보통 목에 충격을 받으면 그런 일이 일어날 가능성이 높지만 뇌나 가슴에 충격을 받아도 일어날 수 있다. 가장 밝히기 힘든 사인 중 하나다.

"아이, 그러니까 승애는 어떤 상태입니까?"

미현은 말하기 힘들지만 말하려고 노력했다. 마치 사실을 입 밖으로 내면 안 되는 금기어를 말하려고 하는 듯했다.

"다들 미쳤다고 했지만, 승애는 지금 병원 냉동실에 있어요. 아무것도 모르는데 장례를 치를 수 없었어요. 아이가 뭔가 말 해줄 것 같아서, 시체……라도 없으면 아무것도 남지 않을 것 같아서…… ."

미현은 '시체'라는 단어를 말하기 매우 힘들어했다. 이런 것을 직감이라고 하는 것인가, 하고 승현은 생각했다. 만약 시체를 남겨놓지 않았다면 승현이라도 아무것도 할 수 있는 게 없다. 다만 5개월이 흘렀다는 것이 문제다.

"도와드릴게요. 그런데 도와주는 방식은 일단 묻지 마시기 바랍니다."

승현은 미현을 달래, 일단 집으로 보냈다. 이제 이장수 형사를 만날 차례다. 일을 꼬이게 만든 책임을 물어야 한다.

3

승현은 다음날 바로 강력 1반으로 찾아가 이장수 형사를 만났다.

"잠깐 얘기 좀 합시다."

"앗, 앞으로 해도 현승현, 뒤로 해도 현승현, 현 박사님이 웬일이세요?"

장수는 짐짓 모른 척했다.

"왜 은혜를 원수로 갚으려 합니까?" 승현은 낮은 목소리로 말했다.

장수는 주변을 살짝 둘러보았다. 그리고 멋쩍은 미소를 지으며 말했다. "불쌍하기도 하고 내 딸아이 생각이 나서요. 그 엄마 자기 딸 죽고 나서 여기 매일 찾아왔어요. 어떤 날은 소리도 지르고 어떤 날은 울기도 하고 어떤 날은 조용히 아무 말도 하지 않고 기다리기만 했어요. 다른 반에서 담당한 일이지만 도와주고 싶더라고요. 그런데 갑자기 현 박사 생각이 났죠. 그래서 그만……." 장수는 또 씩 하고 웃었다.

"너무 무책임합니다. 제가 도와드린 것도 비밀이라고 했을 텐데요."

"어차피 안 되는 거는 안 될 거 아닙니까? 현 박사도 못 도우면 뭐 방법이 없는 거지요. 그래서 어떻게 됐어요? 도와주기로 했나요?"

승현은 한동안 장수를 노려보기만 했다. 그러다가 입을 열었다.

"재부검할 겁니다. 이 사건 이 형사가 가지고 오세요. 다른 사람 관여하지 못하게 하고요." 승현은 그렇게 말하고 뒤돌아섰다.

장수는 승현의 뒤통수에 대고 말했다. "이거 다른 반 사건이라니까요. 내가 어떻게 그걸 가지고 와요. 그쪽에서도 아무 증거도 없어서 미결사건으로 두고 덮으려 하는데요."

승현은 뒤로 돌았다. "그러면 왜 시작했습니까? 시작했으면 제대로 하십시오."

승현은 그 말만 남기고 돌아 나왔다.

4

신월동 국과수 지하 부검실.

그곳에 세 명의 성인. 그리고 한 아이의 차가운 시체가 놓였다. 냉동된 상태로 5개월을 추위에 떨었을 아이를 생각하는 것인지 아이 엄마의 눈에서는 계속 눈물이 흘러내렸다.

보통 부검할 때는 집도의와 연구진 두 명, 사진촬영 담당이 함께하지만 이 날은 승현이 모두 들어오지 못하게 했다. 처음은 아니다. 존스홉킨스에서 신경학과 해부병리과 과정을 공부하고 한국에 와서 부검의를 담당하는, 그래서 국과수 내에서 신망도 높고 인정도 받는 승현이었기에 누리는 특혜다. 혼자 부검을 하고 사진을 촬영하겠다고 하면 규칙을 살짝 어기는 선에서 눈감아 주는 경우가 종종 있었다.

"아이 엄마는 나가 있게 하는 게 어떨까요?" 장수가 승현에게 귓속말을 했다.

승현은 고개를 좌우로 흔들었다. "아니, 이곳에 있어야 합니다. 우리는 오늘 해부를 하지 않을 거니까요. 아이의 생각을 가장 잘 아는 사람이 있어야 합니다." 승현은 고갯짓으로 구석에 붙어 있는 CCTV를 가리켰다. "이 형사님, 저거 좀 가려주십시오."

"그래, 봐야 할 것은 보지 않고 안 봐야 할 것만 보는 것이 저것이긴 하지."

장수는 기지개를 펴는 척하다가 노련하게 점퍼를 벗어서 휙 던졌다. 점퍼가 마치 옷걸이에 걸리듯이 걸려 CCTV를 가렸다.

승현은 CCTV가 가려진 것을 확인하더니 해부실 구석으로 아이가 누워 있는 침대를 끌고 갔다. 승현이 한쪽 벽을 옆으로 밀자 미닫이문처럼 벽이 열렸다. 그 안에는 또 하나의 공간이 있었다.

"국과수 검안실 안에 이런 비밀 공간이 있다는 것을 누가 알고 있어요?" 장수가 물었다.

"원래 비품 같은 것을 넣어두는 공간이었습니다. 좀 개조를 했죠." 승현은 태연하게 말하더니 미현을 쳐다보았다. "이제부터 미현 씨의 역할이 중요합니다. 제가 아이씨피라고 이름 붙인 이 기계가 아이의 커넥톰을 영상화해서 보여줄 겁니다. 우리 뇌는 컴퓨터 하드디스크처럼 기억을 어느 저장소에 저장하지 않습니다. 특정한 기억이나 자극이 있으면 특정 시냅스가 연결됩니다. 그런데 그게 영상의 형태가 아니지요. 강화된 커넥톰 지도를 해석해서 우리가 알아볼 수 있는 형태로 바꿔야 합니다. 이 장치가 그런 역할을 하는 것입니다."

"그게 무슨 말이에요? 나도 대학 나온 놈인데 하나도 못 알아듣겠네." 장수가 분위기를 바꿔보려는 듯 과장된 목소리로 끼어들었다.

승현은 장수를 보고 작게 한숨을 쉬더니 말했다. "한마디로 미현 씨가 이 모니터를 보고 의미가 있는 것 같은 영상이 보이면 말해주세요. 아이가 오 개월이나 냉동상태로 있었기 때문에 커넥톰이 많이 끊어졌을 겁니다. 커넥톰은 우리가 죽는 순간부터 붕괴하기 시작합니다. 역설적으로 시신이 냉동상태로 있었기 때문에 남아 있는 커넥톰이 있을 것이란게 다행입니다. 가장 강렬한 기억일수록 남아 있을 확률이 높죠. 아무 상관없는 나보다 엄마가 영상을 보면 알아볼 수 있는 게 있을 겁니다."

미현은 고개를 끄덕였다.

승현은 자신이 개발한 고속자기공명장치에 아이의 시신을 넣었다. 그리고 전원을 올렸다. 특유의 진동음이 들리기 시작했다. 이제 열쇠는 아이의 기억에 달려 있다. 그리고 어머니에게도.

5

미현은 평소에 끝없이 되뇌던 말을 속으로 생각했다.

'강해져야 한다. 강해져야 한다.'

승애가 죽고 나서 미현은 무너져 내리려는 자신을 몇 번이나 붙잡았다. 슬픔에 잠겨 있는 엄마보다 강하게 진실을 밝히는 엄마를 승애가 원할 것이라고 생각했다. 화려하지는 않지만 일부러 좋은 옷을 입고, 화장을 했다. 눈물 때문에 화장이 엉망이 되어서 몇 번이나 다시 화장한 적도 있다. 무너져 있다는 것을 들키지 않으려 한 그런 행동을 보고 쑤군대는 사람도 많았다. 애를 이제 그만 보내 주라는 둥, 그렇게 해도 더 이상 나올 것도 없다는 둥, 심지어 보험금 때문에 그러느냐고 말하는 어떤 경찰도 있었다.

그만두라는 사람들에게 소리치고 싶었다. 이제 경우 5개월이라고. 잊을 수 없는데 어떻게 잊느냐고. 5개월이 아니라 5년이 지나도 잊어지지 않는다면 잊을 수 없는 것이라고.

묵묵히 버티며 견뎌온 시간이 이제 결과로 나타나려 하고 있다. 정신을 똑바로 차려야 한다.

미현은 모니터를 쳐다보았다. 현 박사는 의미가 있는 것 같은 장면이 보이면 붉은 버튼을 누르라고 했다. 버튼 위로 올라가는 손이 떨렸다.

모니터에 몇 가지 영상이 나오기 시작했다.

"참고로 소리가 나오거나 움직이는 영상이 나오는 건 아닙니다. 아직 정지된 시각 정보로밖에 해석하지 못합니다." 옆에서 현 박사가 말했다.

몇 가지 장면이 흘러갔다. 미현은 도저히 알아볼 수 없었다. 매우 혼란스러운 장면뿐이다. 장면의 인과를 찾으려 해도 도저히 알 방법이 없었다.

순간 한 장면이 지나갔다. 미현은 버튼을 눌렀다. 미현이 버튼을 누르자 바로 그 장면이 프린트되어 나왔다. 사진처럼 보이지 않고 인상파 화가가 그린 그림처럼 주변 경계가 흐릿했다. 그러나 미현은 알아볼 수 있었다. 그것은 자신의 모습이었다.

인상파 그림 같은 그 프린트물은 더욱 흐릿하게 보였다. 미현의 눈에 눈물이 맺혔기 때문이다. '미안해. 그리고 고마워. 너는 마지막까지 엄마를 생각해줬구나.'

"자, 그렇게 계속하십시오. 그래도 다행입니다. 오 개월이 지났는데도 아직 커넥톰이 남아 있다는 게." 승현이 무심한 듯 말했다.

미현은 눈물을 닦고 고개를 끄덕였다. 다시 한 번 모니터를 노려보았다. 그렇게 힘주어 보면 계속 새로운 영상을 내놓을 것 같았다. 그러나 계속 지나가는 장면은 무엇인지 도저히 알아볼 수 없었다.

20분 정도가 흘렀을까? 현 박사가 말했다. "이제 얼마 남지 않았습니다."

아이가 누워 있는, 이름 모를 기계에서는 계속 윙윙 하는 소리가 났다. '승애야, 조금만 더 이야기를 해줘.' 미현은 속으로 소리쳤다. 그때 뭔가 장면이 스쳐지나갔다. 구체적인 그림이었다. 미현은 버튼을 눌렀다.

프린터기는 종이를 토해냈다. 상당히 구체적인 그림인데 뭔지 알 수 없었다.

"끝났습니다." 승현이 말했다.

엄마 그림 한 장과 뭔가 알 수 없는 그림 한 장. 그 두 장이 전부였다.

"이 그림은 곰인형 같지 않아요?" 조용히 있던 장수가 다가와서 말했다. "혹시 이런 곰인형을 아이가 가지고 있었나요?"

미현은 고개를 좌우로 저었다. "아니요. 우리 애는 이런 거 안 가지고 놀았어요. 곰이나 동물보다 사람 인형을 좋아해서 그런 것만 있어요. 지금도 집에…… 하나도 안 버리고 있으니 확인할 수 있어요."

승현이 조용히 다가와 종이를 보더니 미현에게 말했다. "이제 저 아이는 떠나 보내주시죠? 단 두 장이지만 이 이야기를 해주려고 기다린 아이입니다."

미현은 그가 무엇을 말하는지 알았다. 미현은 아이에게 다가가 안아줬다. 차가웠다. 체온을 나눠주고 싶었다.

"인간다운 말도 할 줄 아시네요? 평소에는 냉장고보다 더 차가운 분이." 장수가 슬쩍 다가와 승현에게 말했다.

승현은 장수를 노려보듯 쳐다보다가 곰인형 같은 것이 그려진 종이를 들고 장수에게 내밀었다.

"이제 이 형사님 차례입니다. 이게 무엇인지 밝혀 오십시오."

6

어디서부터 시작해야 할까? 장수는 막막했다. 괜히 이 일을 시작했나 싶었다. 이 사건을 가지고 온다고 하니 반장님은 펄펄 뛰었다. 아무 증거도 없는 사건, 곧 미제사건으로 분류될 사건을 가져오면 경력에 안 좋다며 난리였다. 원래 사건을 담당하던 2반이 좋아라 할 것은 당연했다.

그런데 어제 아이의 엄마가 장례를 치르겠다고 하자 반장은 큰 건을 해결했다며 어깨를 두드려주었다. 매일 찾아오는 아이 엄마를 모두 껄끄러워 하고 있었던 것이다. 아이 장례를 치르고 나면 조용히 이 사건은 미제 사건으로 들어갈 게 뻔했다.

장수의 손에 들려 있는 종이는 아무 증거 능력도 없는 것이다. 증거 능력은커녕 아이의 머릿속에서 이런 그림이 나왔다고 하면 믿어주지도 않을 것이다.

'그래 내 입이 방정이긴 하지만, 시작한 것이니 어떻게든 해 봐야지.'

장수는 승애가 다니던 어린이집부터 시작하기로 했다.

'밝은 어린이집.'

하지만 어린이집은 이름처럼 밝지 않았다. 아이의 소리가 하나도 들리지 않았고, 건물 1층에는 어린이집답지 않은 높디높은 철문이 달려 있었다. 아마도 사건 후에 새로 달아놓은 철문일 것이다. 대충 봐도 CCTV가 세 대는 넘게 달려 있었다. 이것

역시 사건 후에 달아놓은 것이리라.

"잠깐 실례하겠습니다."

누군가 말을 붙여서 장수는 뒤를 돌아보았다. 언제 다가왔는지 경찰 두 명이 서 있었다.

"수상한 사람이 있다는 신고가 들어와서요. 여기서 뭐 하시는 겁니까?"

장수는 대꾸 없이 어린이집 안쪽을 쳐다보았다. 창문가에 사람의 형상이 비친다. 안에 있는 누군가가 신고한 것이다. 장수는 이해할 수 있었다. 아이가 죽었고 범인은 아직 잡히지 않았으니 충분히 경계할 만하다.

장수는 조용히 신분증을 보여주었다.

"조사 나왔습니다."

경찰은 장수의 신분증을 보더니 위아래로 훑어보았다. 경례 같은 것은 하지 않았다.

장수는 경찰에게 물어보았다. "혹시 어린이집 관계자가 신고한 건가요?"

"그건 알려주면 안 되는 건데요." 좀 더 나이가 들어 보이는 경찰이 인상을 쓰며 대답했다. 그 인상은 고민의 흔적이다.

"어차피 안에 들어가서 조사하려고 했어요. 알려주세요."

나이 든 경찰은 잠깐 머뭇하더니 사실대로 말했다. "어린이집 원장 딸이라고 하더라고요. 여기 그날 사고 이후로 거의 문

닫았거든요. 누가 애가 죽은 어린이집에 맡기려고 하겠어요. 원장 딸만 혼자 지키고 있는 모양이에요."

경찰들은 그제야 가볍게 경례하고 자리를 떴다.

장수는 원장 딸을 만나보기로 하고 어린이집 초인종을 눌렀다.

아무 반응이 없다.

다시 한 번 초인종을 눌렀다. 안쪽에서 현관문이 아주 조금 열리더니 한 여인이 쳐다보았다. 경계하고 있다는 것이 몸짓으로 느껴진다.

"안녕하세요. 이장수라고 합니다. 서울시경 강력계 1반 소속입니다. 수상한 사람 아니에요. 몇 가지만 묻고 가겠습니다."

"저는 아무것도 몰라요. 어머니가 하시는 어린이집인데 지금 아프셔서 아무도 없어요."

"그냥 정말 몇 마디만 물어볼 겁니다. 아주 잠깐이면 돼요."

원장 딸은 나와서 철문을 열어주었다.

"전 정말 아무것도 몰라요."

"괜찮아요." 사실 장수도 별로 물어볼 것이 없었다. 원장과 다른 어린이집 선생의 조사는 모두 끝나 있는 상태였다. 원장 딸도 어린이집 선생 중 한 명이라 이미 그 진술서를 쓴 상태다. "그냥 어린이집 안만 좀 살펴보겠습니다. 이런 곰인형 같은 게 있는지만 알면 돼요."

장수는 흐릿한 곰인형 그림을 보여줬다. 이런 인형이 설사 어린이집에 있다 하더라도 밝혀지는 것은 없다. 그래도 실마리는 오로지 이 그림 하나뿐이다.

"어?"

원장 딸은 그림을 보더니 약간 눈을 크게 떴다.

"알고 계신가요? 이런 게 있나요?" 장수는 다급하게 물었다.

"확실하지는 않은데, 거의 맞는 것 같아요. 이거 곰인형이 아니라, 무슨 티셔츠 캐릭터예요."

"캐릭터요?"

"에, 성은 잘 모르겠는데 근호라는 아이가 거의 그 그림이 그려진 티셔츠만 입어서 눈에 익어요."

"그 근호라는 아이는 이 어린이집에 다니나요?"

"아니요, 근호는 어린이집에 다니는 아이가 아니라 한 열댓 살은 된 아이에요. 그런데 거의 매일 찾아오고, 무척 착해서 어린이집 아이들하고도 잘 놀아줘요. 다만……"

원장의 딸은 머뭇거렸다.

"다 이야기해주세요. 근호라는 아이가 뭔가 저질렀다는 게 아니라 누가 부탁한 게 있어서 찾으려고 하는 거예요. 근호에게 아무 피해도 없을 거예요."

아무 피해가 없을지 장수가 판단할 수는 없다. 그건 근호를 만나고 나서야 결정될 것이다. 그녀는 머뭇거리면서 말을 이었다.

"다만, 아이가 약간 발달장애가 있어요. 나이는 많이 먹었는데 수준이 세 살 정도밖에 안 되는 것 같아요. 말도 잘 못하고, 그저 웃기만 잘하는 아이인데……."

또 다시 난관이다. 말이 통하지 않는 아이라니.

7

그동안 미뤄왔던 장례를 치렀다. 미현은 아무도 부르지 않았다. 승애가 떠나가는 모습을 아무에게도 보여주기 싫었고, 슬퍼서 미쳐 날뛰는 자신을 보여주기 싫었다. 그동안 그만하라는 말밖에 하지 않던 애 아빠에게는 장례가 끝난 다음에야 연락했다. 애 아빠는 커피숍에서 보자고 했다. 만나야 하나? 그래도 만나야 했다. 혹시 모르니까 말이다.

"왜 장례식에 부르지도 않았어?"

미현은 한때 남편이던 사람을 쳐다보았다.

"어차피 이제 남이잖아. 이혼하고 나서 애 보러 온 적도 거의 없었고." 미현은 말했다.

전 남편은 조용히 커피를 한 잔 마셨다. "미안해."

"같이 살 때 그 말만 좀 자주했어도 좋았을 텐데."

미현은 두 자리 떨어져 있는 테이블을 쳐다보았다. 두 여자가 각각 아이를 데리고 와서 차를 마시며 수다를 떨고 있었다.

아이들은 심심한지 몸을 배배 꼬았다. 그중 남자 아이는 엄마에게 스마트폰을 달라고 떼를 쓰고 있었다. 아이의 엄마는 여전히 친구와 수다를 떠는 데만 열중했다.

미현은 고개를 돌려 전 남편을 쳐다보았다.

"여자 친구와는 잘돼가?"

전 남편의 여자 친구. 미현도 잘 아는 사람이다. 미현과 전 남편이 부부였을 때는 후배라고 불렸다. 같이 밥을 먹은 적도 있다. 그때는 정말로 후배였을 뿐이었다고 말하지만 누가 알겠는가? 아니 그때 여자 친구였다고 해도 별 상관없다. 이혼한 이유에 그 후배 이야기는 포함되지 않으니까.

전 남편은 곤란한지 그 이야기에는 대답하지 않았다.

미현은 남편에게 복사한 종이를 꺼내 보여주었다. 곰인형이 그려진 종이다.

"혹시 이런 곰인형 본 적 있어? 승애를 따로 만나서 사줬다든가."

전 남편은 종이를 받아들었다.

"모르겠는데. 승애를 찾아간 건 애가 죽기 몇 개월 전에 딱 한 번뿐이었어. 애가 반가워할 줄 알았는데, 그냥 데면데면 하고 피하려고만 해서 안아주지도 못했어."

"그때가 그 여자 친구와 찾아갔던 때야?"

미현은 여자 친구라는 단어에 힘을 주며 말했다.

"그만두자. 더 말해봤자 좋을 건 없을 것 같아. 너도 이제 그만 집착하고 네 삶을 찾아야지."

"집착이라고?" 미현의 목소리가 커졌다. "그만두라고? 뭘? 난 아무것도 모르겠는데 뭘 그만둬?"

순간 옆으로 한 아이가 커피 테이블을 스치며 달려갔다. 아까 엄마에게 스마트폰을 달라고 조르던 아이다. 아이가 테이블을 치며 지나가는 바람에 커피가 살짝 쏟아졌다. 아이도 테이블에 부딪친 곳이 아픈지 팔을 만졌다.

미현은 아이에게 다가가 양 어깨를 붙잡았다. 그리고 흥분된 목소리로 말했다.

"제발 조심해. 아무도 널 지켜주지 않아. 네 엄마도 아빠도 마찬가지야. 널 지킬 수 있는 건 너뿐이야. 제발 조심해."

미현의 목소리는 이제 울음에 가까워졌다.

아이 엄마가 놀라서 달려와 미현으로부터 아이를 떼어놓으려는 듯 아이를 안아들었다.

"왜 그러세요?"

아이 엄마의 목소리는 떨렸고 눈은 커다래졌다.

"죄송합니다. 지금 이 사람이 좀 흥분해서 죄송합니다." 전 남편이 끼어들었다.

"왜 죄송해? 조심하라고 하는 게 잘못이야? 저 아이를 위해서야." 미현은 아이 엄마를 쳐다보았다. "아이에게 눈을 떼지 마

세요. 엄마로서 할 수 있는 최선을 다하세요. 계속 미안하지 않
으려면요."

아이 엄마는 못 볼 걸 봤다는 표정으로 황급히 아이를 안고
자리를 떴다. 그 친구도 자리를 정리하고 아이를 데리고 나가
버렸다.

'이제 이 동네에서 난 미친년으로 통하겠네.' 미현은 생각했
다.

8

"이제는 어쩌죠? 근호라는 아이를 찾아내서 '네가 우리 딸을
죽였니?'라고 물어봐야 하는 건가요?"

승현의 집에서 다시 만난 미현은 그렇게 물어봤다.

"그게…… 알아봤더니, 그 아이 발달장애가 있는데다가 할머
니랑 단 둘이 사는 결손 가정 아이더라고요. 물어봐서 알아볼
수 있는 게 거의 없어요." 장수가 대답했다.

"그래도 우리 승애가 우리에게 말해준 마지막 힌트잖아요.
그 실마리도 잡았고요."

미현의 얼굴은 붉었다. 사실 이 정도로 조리 있게 말하는 것
도 대단한 일일 것이라고 장수는 생각했다. 장수에게도 열두
살 딸이 있다. 아이돌이 되겠다고 매일 텔레비전을 보면서 가
수의 춤을 따라 하는 아이다. '저 어깨로 아이돌이 되기는 힘들

텐데.' 장수는 아이를 보며 생각했었다. 아이는 불행히도 장수를 닮아 어깨가 광대하게 넓고, 허벅지가 발달했다. 그래도 아이가 춤추는 모습을 보면 이 세상 무엇과도 바꿀 수 없는 존재구나, 하고 생각했다. 그래서 매일 경찰서로 찾아오는 미현에게 도움의 손길을 내밀었는지도 모른다. 만약 딸에게 무슨 일이 생긴다면 미현처럼 강하게 행동할 수 있을까? 장수는 무슨 일이 생긴다고 상상하는 것 자체가 싫어 도리질치며 생각을 떨쳐버렸다.

"근호라는 아이는 처음 사건이, 그러니까 승애한테 일이 생겼을 때 강력2반에서 인터뷰한 적이 있어요. 조서에 아무 내용이 없기에 그때 만난 형사한테 물어봤는데 아이가 실실 웃기만 하고 아무 말도 안 해서 조서에 쓸 것이 없었다네요. 아이 할머니는 아무것도 모르고요."

"그러면 이제 어쩌죠?"

미현은 머리를 감싸고 승현의 집에 있는 유일한 소파에 주저앉았다.

승현은 부엌에서 인스턴트 커피를 타서 들고 왔다.

"앞으로 회의할 일이 있으면 밖에서 합시다. 내 집은 여러 사람이 드나드는 집이 아닙니다."

승현은 장수와 미현을 차례로 쳐다보았다. 둘은 아무 반응이 없었다. 승현은 커피를 한 입 마시고 말을 이었다.

"혹시 내가 만든 장비 이름이 아이씨피라는 것은 알고 있습니까?"

미현은 고개를 들고 승현을 보았다. 장수도 승현을 쳐다보았다. 장수는 그 장비의 이름에 전혀 관심이 없었다.

승현은 다시 혼자 말을 이어나갔다. "아이씨피는 인스턴트 커넥톰 포저의 줄임말입니다. 왜 고속자기공명영상화장치 같은 이름을 붙이지 않고 '즉각적인 커넥톰 정지 장비' 같은 이름을 붙였을까요?"

"자꾸 질문하지 말고 말해봐요. 하고 싶은 말이 뭐요?" 장수가 말했다.

"아이씨피의 핵심은 커넥톰을 해석해서 생각을 읽어내는 게 아니라는 말입니다." 승현을 다시 미현과 장수를 돌아보았다. "전에도 말했다시피 커넥톰은 사람이 사망하는 동시에 풀어지기 시작합니다. 반대로 살아 있는 사람의 커넥톰은 뇌 가소성 때문에 끊임없이 서로 연결되었다가, 끊어졌다가, 강화되기도 하죠. 그래서 살아 있는 사람의 생각은 읽을 수 없어요, 계속 움직이는 커넥톰을 해석할 수 없으니까요."

"그러면 혹시?" 미현이 눈을 크게 뜨며 물어봤다.

승현은 고개를 끄덕였다. "예, 그 생각이 맞습니다. 이 장비는 약 사 분 동안 즉각적으로 커넥톰의 활동을 정지시킵니다. 즉, 살아 있는 사람의 생각을 읽을 수 있다는 것이죠. 그래도 되는 것인지 모르겠지만 그 근호라는 아이를 데려오면 생각을 읽을 수 있습니다."

승현은 모든 결정을 미현에게 미루고 있는 자신이 한심했다. 이 일을 앞으로 나아가게 하려면 방법은 그뿐이라는 것을 모두 알고 있었다. 다만 미현이 엄마라는 이름으로 악역을 맡아주기를 바라고 있는 것이다. 인스턴트 커피 가루를 한 입 가득 물고 있는 듯, 쓴 맛이 올라왔다.

9

형광등보다 더 창백한 조명. 그 조명을 받아서 하얗게 반사된 얼굴. 그 얼굴에서 올려다보는 겁먹은 눈동자. 소년은 그렇게 누워 있었다.

"아프지도 않을 거고, 금방 끝날 거야." 이장수 형사가 말했다.

사실은 조금 아플 수도 있고, 시간이 걸릴 수도 있다. 물리적인 시간이야 4분 정도 흐르는 게 전부겠지만 소년이 느낄 시간이 어느 정도인지는 감을 잡을 수 없다. 이장수 형사는 위로해주려고 한 말이겠지만 무책임한 말이다. 하긴 소년을 데려온 것부터 무책임한 일인데 지금 와서 따지는 건 아무 소용이 없겠지.

'원래 이러려던 것은 아니었는데.'

승현은 ICP에 누워 있는 소년을 보고 그런 생각을 했다.

머릿속에 무엇이 들어 있을지 전혀 예상이 되지 않는 소년. 승현은 오늘 이 아이의 머릿속을 들여다봐야 한다.

아버지의 억울한 죽음. 그것을 밝혀내려고 사람의 생각을 읽어내는 장비를 만들기 시작했다. 그러나 너무 오랜 시간이 지났다. 사건에 관계된 사람을 찾을 수 없었다. 사람을 찾아야 생각을 읽을 텐데.

지금은 엄밀히 말해서 자신과 아무 상관없는 소년의 생각을 읽어내야 한다. 어쩌면 이 아이의 머릿속에서 진실이 밝혀질지도 모른다. 이 순진한 눈동자를 하고 있는 아이에게서 밝혀낸 진실을 감당할 수 있을까? 만약 이 아이에게 죄가 있다면 그 죄를 물을 수 있을까? 법적으로는 불가능하다. 그러면 사적으로는? 그건 모르겠다. 거기는 승현이 판단할 수 있는 범위가 아니다.

"이제 곧 시작합니다. 승애 때보다 무수히 많은 정보가 나올 겁니다. 그리고 그 많은 정보가 이상하게 보일 수도 있습니다. 아이씨피에 연결된 해석기는 기본적으로 정상 뇌에서 추출한 샘플로 만든 것이라, 이 아이와 어떤 차이가 날지 알 수 없습니다."

미현과 장수는 고개를 끄덕이는 것으로 대답을 대신했다.

승현이 말을 이었다. "시간은 단 사 분입니다. 그 이상이 지나면 뇌가 상처를 입기 시작합니다. 그 안에 모든 것을 마쳐야 합니다."

승현은 근호에게 다가가 몇 가지 전선을 테이프를 이용해 붙였다.

"아저씨…… 돈…… 줘야 해." 근호는 장수를 보며 그렇게 말하고 웃었다.

"돈을 주기로 하고 아이를 꼬여 온 겁니까?" 승현이 장수에게 물었다.

"그렇게 경멸하는 투로 말하지 마세요. 아이 할머니가 폐지를 주우며 돈을 모으는 것을 아이가 본 모양이에요. 그래서 할머니가 제일 좋아하는 게 돈이라고 해서, 돈을 주겠다고 말하고 데리고 온 거예요. 사실대로 네 머릿속을 들여다보자, 라고 말할 수는 없잖아요." 장수가 약간 언성을 높였다.

"죄송해요. 저 때문에……." 미현이 끼어들었다. "그런데 지금은 제발 그냥 진행해 주세요. 아이가 듣고 있잖아요."

근호는 여전히 누워서 사람 좋은 웃음을 띠고 있었다.

승현은 자리로 돌아가 장비를 조작했다. "시작합니다."

승현이 스위치를 당기자 근호는 살짝 움직이더니 그 상태 그대로 굳었다.

"아이는 괜찮은 거죠?" 미현이 당황한 듯 물었다.

"예, 괜찮습니다. 그냥 잠깐 기절한 것이라 생각하면 됩니다.

그보다 모니터를 잘 봐줘요. 사 분밖에 시간이 없습니다."

미현과 장수는 황급히 모니터를 돌아봤다.

모니터에는 알 수 없는 색채와 형상이 어우러졌다. 승애의 머릿속에서 본 그림이 인상파 화가가 그린 것 같다면 근호의 머릿속 그림은 입체파 화가가 그린 그림이었다. 아니 그 이상이었다. 잭슨 폴락의 드롭페인팅 같다고 할까? 그 안에서 무엇을 찾을 수 있을지 확신할 수 없다.

무엇인가를 찾겠다고 생각했다면 찾아낼 수 있겠지만 지금은 그저 미지의 장소를 헤맬 뿐이다.

장수와 미현은 모니터에 형상이 나타나면 앞다퉈 단추를 눌렀다. 그게 무엇인지 몰라도.

"직감으로 선택하세요. 그게 가장 정확한 겁니다. 그리고 일단 녹화를 하고 있으니까 나중에 다시 찬찬히 살펴보셔도 됩니다." 승현이 말했다.

한 그림이 나왔다. 확연히 구체적이다.

"할머니네요." 장수가 단추를 누르며 말했다.

"또 할머니." 장수가 다시 단추를 눌렀다.

"할머니."

"할머니."

근호의 머릿속은 온통 할머니였다. 근호에게 전부인 사람.

미현이 눈물을 흘리는 게 보였다. 누군가에게 전부인 사람이라는 느낌을 잘 알고 있기에 흘리는 눈물일 것이다. 갑자기 미현이 크게 놀라며 단추를 눌렀다.

"저 그림은 분명…… 승애 같은데요." 미현의 목소리는 떨렸다.

희미한 아이의 모습이다. 승현은 모니터를 보았다. 누구인지 알 수 없었다.

미현은 그 후에 연달아 단추를 눌렀다. "뭔가 익숙한 얼굴이에요. 뭔지는 모르겠지만……."

"사 분이 다 되어갑니다." 승현이 말했다.

"조금만, 조금만 더요. 뭔가가 보이기 시작했잖아요." 미현이 계속 단추를 누르며 말했다.

"안 됩니다. 저 아이가 위험합니다. 다칠 수 있어요."

"조금만, 조금만." 미현은 모니터에서 눈을 떼지도 않고 말했다.

"안 됩니다!" 승현은 4분이 되기 직전 장비의 작동을 멈췄다.

근호가 벌떡 일어나 앉는 바람에 몸에 붙어 있던 전선들이 떨어져 나갔다. 근호의 눈에서도 눈물이 흘러내렸다. 항상 웃기만 하던 근호가 아니었다.

"왜? 무슨 기억이 났니?" 미현이 다급하게 근호에게 달려가 물어보았다.

"생각이 난다는 건 과학적으로 불가능합니다. 전기적 충격으로 시냅스와 커넥톰을 고정하는 것이기 때문에 생각한다는 것 자체가 불가능합니다." 승현이 말했다.

"생각 난 게 있으면 뭐든지 말해봐." 미현은 승현의 말에도 아랑곳하지 않고 근호를 채근했다.

근호는 미현을 쳐다보았다. 그러더니 씩 하고 사람 좋은 미소를 또 짓고는 소매로 눈물을 닦았다.

장수는 미현의 눈치를 보더니 말했다. "아이는 내가 데려다 줄게요." 장수는 근호의 어깨를 두드렸다. "수고 많이 했다. 아저씨가 집까지 데려다 줄게. 물론 돈도 주고."

장수는 근호를 장비에서 내리고 데리고 나가려 했다. 근호는 나가기 전에 뒤를 돌아봤다.

"안녕히 계세요." 근호는 꾸벅 인사를 하고는 미현을 바라봤다. 그리고 들리지도 않을 듯한 소리로 말했다. "……."

장수는 근호를 데리고 나갔다.

미현은 멍하니 문 쪽을 쳐다보다가 승현 쪽으로 돌아섰다.

"지금 미안하다고 말하고 가지 않았어요?"

"글쎄요, 저는 잘 들리지 않아서."

"애가 뭔가 기억한 거 아닐까요?"

"말씀드렸지 않습니까, 과학적으로 불가능하다고."

미현은 프린터 쪽으로 가서 뽑혀 나온 그림을 둘러보았다. 그러다가 한 장의 그림을 찾아냈다.

"이건 분명히 승애가 맞아요. 주변이 흐릿하기는 해도 어린 이집 마당인 것도 같아요. 왜 저 아이의 기억 속에 승애가 마당에서 놀고 있는 장면이 있죠? 그리고 왜 승애의 기억에 저 아이가 입고 다니는 옷 무늬가 있죠?"

근호는 오늘도 그 옷을 입고 있었다. 아마도 할머니가 사준 옷이겠지, 하고 생각하고 승현은 미현이 들고 있는 그림을 살펴보았다. 미현의 말이 맞는 것도 같았지만 확신할 수는 없었다.

"저는 사실 아무 판단이 들지 않습니다."

미현은 그림을 살피다가 인상을 쓰며 또 한 장의 그림을 꺼냈다. 사진처럼 또렷하지는 않지만 대충 알아볼 수 있을 정도의 윤곽이 있는 그림이었다. 여성으로 보이는 사람이 서 있었다.

"이건……."

"아는 사람입니까?" 승현이 다가와서 물었다.

"얼마 전에 전 남편을 만나고 와서 선입견이 생겼는지 모르겠는데…… 이건 전 남편의 여자 친구 같은데요. 왜 이 사람이 저 아이의 기억 속에 있지?"

"어쨌든 이제 물어볼 수 있는 사람이 생겼군요. 이 형사에게 조사해보라고 합시다. 이제 좀 쉬세요. 힘든 하루였습니다." 승현은 돌아가서 장비를 점검했다.

미현은 뭔가를 곰곰 생각했다.

"저한테 아이씨피를 해주세요."

"예?"

"저 아이가 아이씨피 안에 있으면서 뭔가 기억한 것일 수도 있잖아요. 그리고 여기 이 그림이 얼마나 확실한 것인지 믿으려면 내가 직접 해봐야 할 것 같아요. 박사님도 근호 이전에 살아 있는 사람에게 테스트해본 적이 없으시죠?"

"그건 그렇지만……."

"사 분 이내에만 끝내면 안전하다고 했잖아요. 제가 해볼게요. 전 확실히 알아야 해요. 지금까지 그러려고 달려온 거예요. 그런데 뭔가 의심이 생기면, 확실치 않으면 지금까지 한 노력이 허무하잖아요. 좀 더 확실히 하고 싶어요. 제발 부탁드립니다."

승현은 안경을 추켜올리고 인상을 썼다.

10

미현은 ICP 위에 누웠다. 의외로 차가웠다. 가슴이 두근거리기도 했다. 약간의 두려움.

그래도 해야 한다. 제대로 하지 않으면 승애에게 미안했다. 그리고 만약 이 테스트에서 안 좋은 일이 생긴다면 근호라는 아이에게도 정말 미안한 짓을 한 것이다.

"준비됐습니까?" 승현이 덤덤한 목소리로 물어보았다.

저 사람은 별로 흥분하는 경우가 없다.

"예, 됐어요."

미현은 조용히 눈을 감았다.

순간 찌릿한 느낌이라고 해야 할까? 아프지는 않지만 분명 뭔가 몸속을 흐른다는 느낌이 들었다.

"엄마, 너무 더워요."

승애다. 분명히 승애의 목소리다. 한창 더운 7월 24일. 승애를 어린이집에서 데리고 오는 길이다. 날이 워낙 더워 승애는 칭얼거린다.

보험서류가 잔뜩 들어 있는 가방을 옆으로 메고 승애를 안아 올렸다. 땀이 쏟아져 등이 다 젖은 것은 물론이고, 승애의 팔이 닿은 목에서 미끈거릴 정도로 땀이 흐른다.

걷다가 편의점에 들어갔다. 물이라도 하나 사 먹자고 생각했다. 편의점 점원이 인사했다. 시원한 에어콘 바람이 잠시 땀을 식혀주었다. 물을 하나 사는 동안 승애가 냉장고에 바짝 붙어 있는 게 보인다. 아이의 얼굴도 더위에 붉게 물들었다. 가느다란 머리카락도 땀 때문에 찰싹 얼굴에 붙어 있다. 그 모습이 귀여웠다. 그 순간 그렇게 생각했다. 무엇을 주어도 저 아이와 바꿀 수 없다고.

"먹고 싶니?"

아이가 고개를 끄덕였다. 승애가 손으로 가리킨 것은 초코아이스크림이다. 초콜릿에 카페인이 있다고 해서 아직 아이에게 초콜릿 종류를 준 적이 없다. '그래 한 번쯤 봐준다.'

계산을 하고 아이스크림 포장지를 뜯어서 승애에게 주었다. 한 입 베어 물더니 눈동자가 커졌다. 네 살 평생에 이렇게 맛있는 것을 먹어본 적이 없다는 표정이다.

"정말 맛있어요, 엄마."

승애를 꼭 끌어안아 주었다.

또 찌릿한 느낌이 몸을 훑고 지나간다.

"끝났습니다. 기분이 어떤가요?" 승현의 목소리다.

미현은 눈을 떴다. 눈물이 흘렀다. 알 수 없는 기쁨의 눈물이다.

눈물을 흘리며 말했다. "고맙습니다. 현 박사님. 정말 고맙습니다. 승애의 목소리를 들을 수 있었어요. 그날의 감촉을 느낄 수 있었어요. 그리고 아이가 그렇게 좋아하는 것을 먹일 수 있어서 정말 좋았어요. 그날의 일이 방금 일어난 일처럼 생생해요. 정말, 정말 고맙습니다."

"아니, 제가 말했다시피 그건 불가능합니다. 모든 게 멈추어서 기억할 수 없습니다." 승현은 약간 당황한 듯했다.

미현은 눈물을 닦으며 승현이 손에 들고 있던 종이를 보았다.

승애다. 아이스크림을 먹고 있는 모습이다. 미현은 알아볼 수 있었다.

"이것뿐이었나요?" 미현이 물어보았다.

"아니요. 여러 가지 화면이 보였습니다. 그런데 프린트하거나 녹화하지는 않았습니다. 당신의 기억을 제가 가지고 있고 싶지 않아서요. 이 그림만 갖고 싶어 할 것 같아 프린트했습니다."

미현은 그림을 들고 한참을 쳐다보았다. 승애나 근호의 머릿속에서 나온 그림보다 훨씬 또렷하고 정확했다.

"이때 먹은 아이스크림 포장지까지 전부 기억나요. 박사님의 장비는 정확하고 믿을 만해요. 또 특정 기억을 강화해주는지도 몰라요. 전 그날이 칠 월 이십사 일인지도 몰랐어요. 그런데 지금은 정확하게 알아요. 확실해요."

승현은 고개를 절레절레 흔들었다. "그럴 리가 없는데. 데이터를 보면 분명 시냅스와 커넥톰이 멈추는데……. 혹시 그래서 기억이 고착되는 건가?" 승현은 혼잣말 하듯 중얼거렸다.

"근호라는 그 아이도 뭔가 기억을 해냈어요. 그래서 저한테 미안하다고 말한 것일지도 몰라요."

장수가 검안실 문을 열고 들어왔다.

"애는 잘 데려다 주고 왔어요. 무슨 말 하고 있었어요?"

"다음 단계요." 미현이 대답했다.

장수는 무슨 뜻이냐고 묻듯이 승현을 쳐다보았다. 승현은 조용히 고개를 좌우로 흔들 뿐이다.

"제 전 남편과 전 남편의 여자 친구를 만나야 해요."

장수는 그 말을 듣고 인상을 찌푸렸다. "공적으로요, 아니면 사적으로요?"

"사적으로요." 미현이 대답했다.

"휴."

장수는 긴 한숨을 내쉬었다. 미현은 그 한숨의 뜻을 잘 알고 있었다.

11

"왜 여기에서 만나자고 한 거야?"

"만나야 할 사람들이 여기에 있어서."

미현은 전 남편을 국과수 앞으로 불러냈다.

"따라와 봐."

미현은 정문을 거쳐 지하로 내려갔다. 이미 방문증은 승현이 다 챙겨둔 상태였기 때문에 거리낄 것은 없었다.

"해부실? 여긴 왜?"

"이 안에 사람들이 있으니까."

문을 열고 안으로 들어갔다.

"김태성 씨?" 장수가 안에서 물어보았다.

미현의 전 남편 태성은 어리둥절한 표정을 지었다. 그리고 주변을 둘러보았다. 두 명의 남자, 또 두 명의 여자가 있었다.

"연수? 왜 여기에……."

"제가 좀 보자고 했습니다. 물어볼 것이 있어서요." 장수가 나서서 말했다.

태성의 후배이자 지금은 여자 친구인 연수는 불안한 표정이었다. 몸을 심하게 떨고 있음이 태성에게까지 전달될 정도였다. 연수의 옆에 서 있는 남자는 창백한 얼굴에 안경을 끼고 노려보고 있었다. 그는 아무 말도 하지 않았다.

연수 앞에는 전에 미현이 보여준 곰인형 그림이 있었다.

"연수 씨는 이 그림에 대해 할 말이 있는 것 같은데요?" 장수가 몸을 연수 쪽으로 돌리며 말했다.

연수는 고개를 감싸 쥐고 흐느끼기 시작했다. 태성은 그 곰인형 그림이 무엇인지 몰랐지만 직감적으로 알았다. 이제 모든 것이 끝났구나. 그래도 끝이 아니길 바랐다.

"형사님이신가요? 사, 사람을 데리고 와서 조사하려면 뭐 영장이나 그런 걸 제시해야 하는 것 아닙니까? 미란다 원칙인지 그, 그런 것도 말해줘야 하고요. 전 돌아가겠습니다." 태성은 연수 쪽을 쳐다보았다. "가자, 연수야."

태성은 이글거리는 미현의 눈을 보았다. 그 눈을 보니 연수 쪽으로 갈 수 없었다.

"미란다입니다. 그리고 두 분은 제가 체포한 것이 아니라 사적인 협조를 구하는 것뿐이라 그런 절차가 필요 없습니다." 장수가 말했다.

"협조라고요? 그럼 난 가겠습니다. 협조할 생각 없습니다."

태성이 외치자 안경을 쓴 남자가 앞으로 나섰다. 그러고는 자신의 품에 손을 집어넣었다.

"제가 이것을 사용하지 않도록 해주십시오." 승현이 말했다.

태성은 순간 움찔했지만 뒤로 돌아나가려 했다. 그때 승현이 재빨리 다가오더니 품에서 스프레이를 꺼내 태성에게 뿌렸다. 태성은 한 발자국도 제대로 걷지 못하고 쓰러졌다.

"말을 참 안 듣는군요." 승현이 말했다.

장수가 달려와서 태성을 함께 부축하며 말했다. "뭡니까, 그거? 뭘 준비한 거예요?"

"혹시 사용할 일이 있을까 봐 만든 겁니다. 세보플루렌스 혼합물인데, 그냥 마취제라고 생각하면 됩니다." 승현이 덤덤하게 말했다.

"깜짝 놀라게 하는 재주가 있네요."

장수는 태성을 수술용 침대에 눕혔다.

연수는 태성이 쓰러지는 것을 보고 더욱 충격을 받았는지 비명도 지르지 못하고 눈물만 쏟아냈다. 아마도 생명의 위협까지 느꼈을 것이다.

"자, 이제 말할 수 있는 사람은 연수 씨밖에 안 남았네요. 여기 승애 엄마, 미현 씨에게 할 말이 있으면 지금 다 하세요. 어떤 말이든." 장수가 말했다.

연수는 온몸을 떨며 미현을 바라보았다. 미현은 조용히 다가와서 따뜻한 물을 건넸다.

미현은 오히려 차분해지는 느낌을 받았다. 태성과 연수의 반응을 보니 진실 바로 앞까지 도착했다는 걸 느낄 수 있었다.

"언니, 전 정말로 몰랐어요."

연수는 예전처럼 미현을 언니라고 불렀다.

"무엇을 몰랐어요? 승애가 그렇게 된 것을 몰랐나요?" 장수가 캐물었다.

"난 그저 놀래주라고 한 것뿐인데 그 아이가 돌 같은 걸 던질 줄은 정말 몰랐어요. 난 그 애가 돌을 던지기에 무서워서 도망갔다가 며칠 있다가 선배의 딸이 죽었다는 걸 알았다고요."

연수는 거기까지 말하고 통곡하기 시작했다.

미현은 연수의 멱살을 잡고 얼굴을 들어올렸다.

"왜 우는 거야? 억울해서? 승애가 죽은 게 네 탓이 아닌데 이렇게 몰아붙이니 억울해? 처음부터 끝까지 지금 똑똑히 말해. 마지막 기회야." 미현은 이를 갈듯이 말했다.

연수는 미현의 눈치를 보더니 말하기 시작했다.

"이제 선배가 이혼한 지도 꽤 지나서 결혼하자고 했더니 결혼할 마음 없다고……. 아무래도 딸에게 미안해하는 것 같아서…… 처음에는 그냥 애를 만나서 이야기를 좀 해보려고 찾아간 거예요."

"그런데 왜?"

"아이가 어린이집 마당에서 노는 게 보이는데, 갑자기 너무 얄미웠어요. 저 애가 발목을 잡는구나, 하고…… 그런데 옆에서 그 곰돌이 티셔츠를 입은 애가 나를 보고 웃고 있었어요. 그 애한테 오천 원을 주면서 승애를 좀 놀래주라고 했는데, 갑자기 옆에 있는 돌을 주워 던진 거예요. 애가 돌에 맞는 걸 보고 전바로 도망갔고요."

연수는 거기까지 말하고는 헛구역질까지 하며 더 이상 말을 잇지 못했다.

미현은 자리에서 일어났다. 그리고 혼잣말처럼 말했다.

"너무 사소하네, 너무. 겨우 그 정도였어? 겨우 그 정도 일로 우리 애가 혼자 죽어갔어?"

미현의 눈에 침대에 누워 있는 태성의 모습이 들어왔다.

"저 사람은 알았어? 자기 딸이 그렇게 죽었다는 것을?" 미현은 연수에게 소리치듯 물어봤다.

연수는 고개를 끄덕이다가 입을 열었다.

"처음에 제가 말했을 때는 화도 내고 소리도 지르고 하다가 며칠 지나서 그냥 조용히 덮자고…… 그러면 모두 조용해질 거라고……. 미안해요. 정말 미안해요."

"이제 어떻게 할까요?" 장수가 다가와서 미현에게 물었다.

"이제 어떻게 할 수 있나요?" 미현은 장수에게 되물었다.

미현의 눈은 붉게 충혈돼 있었고, 그 안에 눈물이 가득 고였다. 마치 눈에 피가 고여 있는 듯했다.

장수는 이를 깨물고 말했다. "아마도 죄를 묻기 힘들 겁니다. 근호는 미성년자에다가 발달장애가 있어서 증거가 나와도 벌을 받지 않을 거고, 저들이 우리에게 한 말 말고는 증거가 될 게 하나도 없어요. 지금은 미안하다고 말하지만 부인해버리면 끝입니다. 방법이 없어요. 미안합니다."

"공감하지 못한 죗값은 반드시 받아야 합니다." 승현이 끼어들더니 미현을 쳐다보고 말을 이었다. "자식이 죽은 사람이 어떤 마음인지 저들은 전혀 공감하지 않았습니다. 그저 조용히 이 일이 지나가기만을 바랐습니다. 법적으로 처벌받지 않더라도 인간이 인간에게 공감하지 못한 죗값은 반드시 받아야 합니다."

"하지만 어떻게요?"

"평생 지금까지 느끼지 못한 죄책감을 느끼며 살게 하는 겁니다. 근호 기억합니까? 사실 그때 근호가 미안하다고 하는 말 들었습니다. 그리고 미현 씨도 어떤 기억이 되살아나서 잊히지 않는다고 했죠?" 승현이 말했다.

"예."

"그런 기억을 저 두 사람에게도 각인시키는 겁니다. 아마도 지금 승애의 일이 머릿속에 가득해 있을 겁니다. 그걸 잊지 못하게 하는 것입니다. 의사들끼리 하는 말이 있습니다. '이유를 모르더라도 효과가 있다면 치료를 멈추지 마라.' 이유는 모르겠지만 아이씨피가 각인해 줄 겁니다. 물론 죄책감을 느낄지는 저들 사정이지만, 최소한 인간이면 죄책감을 갖고 살겠죠."

승현은 대답도 듣지 않고 연수가 있는 쪽으로 걸어가더니 연수의 얼굴에 스프레이를 뿌렸다. 연수는 의자에서 축 처져버렸다.

"남편, 아니 전 남편부터 시작하죠."

승현은 태성을 ICP에 눕혔다. 그리고 전선을 연결하더니 장치를 작동시켰다.

"전 남편의 기억을 보고 싶습니까?" 승현은 물었다.

"아니요. 그따위 것은 보고 싶지 않아요." 미현이 대답했다.

"사 분을 좀 넘기면 뇌에 충격을 줄 수도 있습니다. 원하시면······."

"그것도 아니요. 전 승애가 왜 죽었는지만 알면 된다고 생각하고 이 일을 시작했어요. 제 예상과는 다르지만, 이제 알았어요. 그 일을 폭력으로 되갚고 싶지는 않아요."

4분 후 기계는 멈췄다. 태성은 아직 일어나지 못했고, 연수가 다음 차례였다.

"이 일이 끝나면 이 사람들은 각자 집에 데려다 주십시오."

승현이 장수에게 말했다.

"왜 내가?"

"누구든 뭔가 책임을 져야 하지 않겠어요?"

승현의 말에 장수는 고개를 끄덕일 수밖에 없었다.

"그리고 미현 씨에게도 부탁이 있습니다." 승현은 미현을 바라보았다. "미현 씨는 아무 잘못도 없습니다. 초콜릿 아이스크림도 사줬잖아요. 힘들겠지만, 본인을 위해 살아가세요. 물론 승애를 잊지 말고요. 잊을 수도 없겠지만……. 그게 승애가 바라는 일일 겁니다."

미현은 고개를 끄덕였다.

12

초인종이 울렸다.

승현은 벽에 설치돼 있는 대형모니터를 쳐다보았다. 아는 얼굴이다. 미현이다. 승현은 문을 열어주었다.

"징계 받았다면서요?"

미현은 집으로 들어오며 대뜸 묻는다.

"어디서 들었습니까?"

"이장수 형사한테서요. 삼 개월 정직에 육 개월 감봉이라고 하던데…… 죄송해요."

"국과수 검안실을 제 마음대로 사용한 걸 들켰으니 그 정도면 다행이라고 해야죠. 그나마 이장수 형사가 감찰이 있다고미리 알려줘서 아이씨피를 들키지 않고 빼돌릴 수 있었어요."

다시 초인종이 울렸다. 모니터를 보니 이장수 형사다. 문을열어주었다.

"더 이상 우리 집을 모임 장소로 사용하지 말라고 말씀드리지 않았습니까?"

승현은 장수가 집에 들어오자마자 퉁을 주었다.

"거정돼서 와 봤는데 왜 그래요? 그리고 우리 며칠 전에 술한잔하고 말 놓기로 하지 않았나? 나이도 내가 한 살 위니까 현박사가 이득인데 말이야."

"그때는 술을 좀 먹어서 그랬고, 전 존대하는 게 익숙합니다."

장수는 스스럼없이 부엌에 가서 인스턴트커피를 타왔다. "오늘 아침에 들었는데, 아예 사표 냈다며? 이제 어쩌려고?"

"사표 냈어요?" 미현이 끼어들었다.

"뭐, 아직 유산 남은 것도 은행에 있고, 개인 병원은 낼 수 있을 겁니다. 그리고 이번 일을 겪으면서 생각을 해봤는데……."

"해봤는데?" "해봤는데요?" 장수와 미현이 동시에 말했다.

"아이씨피로 세상 사람들을 더 도울 수 있을 것 같습니다. 그런 사람은 아주 많을 테니까요. 최근 청각 자료를 해석하는 걸

연구하고 있거든요."

"뭔지 모르지만 멋진 일이 될 것 같아요. 저도 도울게요. 저를 위해 살라고 했죠? 그 일을 하는 게 저를 위한 일일 것 같아요." 미현이 미소를 지으며 말했다.

"나도 도울 수 있는 게 있으면 도울게." 장수는 커피를 한 모금 하더니 말을 이었다. "그런데 전부터 궁금한 게 있었는데, 왜 미현 씨를 도와준 거야? 이전에는 사람하고 교류도 거의 하지 않아서 소시오패스란 별명까지 붙은 현 박사가 말이야."

승현은 미현을 쳐다보았다. 미현도 장수에게 승현이 예전에 어땠는지를 들었기에 궁금해하는 눈치다.

승현은 장수를 쳐다보며 말했다.

"반말해도 돼?"

"하라니까."

"욕해도 돼?"

장수는 또 커피를 한 모금 마시며 말했다. "어느 정도는."

"씨발, 자식 죽은 엄마가 이유 좀 알겠다는데 다른 이유가 필요해?"

미현은 고개를 돌렸다.

장수도 잠시 멍하다가 말했다.

"그래, 그런 거지 뭐."

13

요즘 태성은 잠을 이룰 수 없다. 밤마다 승애가 생각나서, 가슴이 아파서, 끝없이 눈물이 솟아났다.

연수도 살짝 잠이 들었다가 그날의 일이 생각나서 일어나 앉았다. 바로 지금 일어난 일처럼 생생하게 떠오른다. 자책? 죄책감? 알 수 없는 감정에 잠을 이룰 수 없다.

그렇게 누군가에게는 차가운 밤이 깊어간다.

은상

영화계를 기웃거리다, 게임계를 기웃거리다가, 출판계에 자리 잡았다.

물리학과를 (겨우겨우) 졸업했음에도 한참 후에 브라이언 그린의 《엘러건트 유니버스》를 보고 나서야 겨우 사이언스의 S가 무엇인지 눈을 뜨기 시작해, 소설에도 S를 넣으려고 노력하고 있다.

지은 책으로는 장편소설 《너의 뒤에서》, 에세이 《결국 소스 맛》이 있다. 예스24의 시프트북스에 웹소설 〈태리마리 흥신소〉를 연재해 완결하기도 했다.

facebook.com/silverprize0123

2014년 이후 무엇인가를 해야 한다고 생각했습니다. 그래서 글을 썼습니다. 그러다 인터뷰집 《금요일엔 돌아오렴》을 읽었습니다. 책을 읽으며 눈물을 참다가 내가 어떤 글을 쓰더라도 현실을 이길 수 없다는 것을, 현실이 더 잔인하다는 것을 깨달았습니다. 그래서 쓰던 글을 뒤집고 나서 그냥 하고 싶은 말만 하자고. 내가 그 사건에 대한 이야기라는 것도 말하지 말자고 결심했습니다.

승현준 박사의 《커넥톰: 뇌의 지도》, 법의관들의 공저 《타살의 흔적》에서 많은 도움을 받아 글의 얼개를 완성하고, 마지막에 하고 싶은 말을 할 수 있었습니다.

그리고 하고 싶은 그 말이 무엇인지 이규승 대표님이 정확히 짚어주신 덕분에 제 졸고가 이 책에 실리게 되었습니다.

하고 싶은 말을 할 수 있게 해주셔서 모든 분들에게 감사드립니다.

등 골

허설

성인이 된 지 한참 지난 자식이 집에 있는 건 전혀 좋은 일이 아니다. 하지만 나가려면 돈이 있어야 한다. 나는 직장이 없고, 1년째 취준생이니까 나갈래도 나갈 수가 없다. 그렇다고 직장만 구하면 바로 나갈 수 있느냐? 그렇지 않다. 전월세 보증금 대출이라도 받으려면 1년은 재직해야 한다. 취업은 언제될지 모르니 취업 + 최소한 1년은 엄마랑 더 지지고 볶을 일이 남았다는 이야기다.

"여이선! 내가 고데기 잘 끄고 다니라고 했지! 불 난다니까!!"

"깜빡했어! 그리고 그거 불 안 나! 한 시간 뒤에 알아서 꺼진다고!"

"너 이게 전기를 얼마나 많이 먹는 줄 알아? 이번 달 전기세
가 6만원이야, 6만원. 6만원이면 거의 400킬로와트라고. 네 아
빠 출근하지 나 출근하지, 이 집에서 너 혼자서 400킬로와트를
쓴다고!"

엄마는 석 달 쯤 전기세가 미친듯이 나오자 전기요금의 전문
가가 되어버렸다. 몇 킬로와트면 전기세 얼마, 전기세가 얼마면
전기가 몇 킬로와트. 아주 계산기가 다 되셨다.

"아무튼 너 다음에 고데기 안 빼놓은 거 한번만 더 걸리면 집
에서 아주 쫓겨날 줄 알아!"

"어어, 알았어어~"

"갈 데도 없는 게 머리는 말아서 뭘 해."

"아, 내 맘이야!"

나는 일부러 좀 얄밉게 말했다. 사실 머릿속으로 떠오른 말
은 아 예 아주 안 걸리게 이불로 덮어놓아버리겠습니다, 였지
만 안 그래도 스트레스 받는 엄마를 괜히 자극할 필요는 없었
다. 지난번에 괜히 긁었다가 엄마가 신세한탄 레퍼토리를 줄줄
읊는데 짜증이 나서 누가 그렇게 살으래, 하고 한마디 더 얹었

다가 집이 아주 날아갈 뻔했다.

"근데 엄마."
"왜."
"…나 만원만 주면 안 돼?"

엄마의 눈꼬리가 대번에 올라갔다.

"집에서는 집중이 안 돼서… 미안해, 근데 지금 이게 꼭 필요
하다니까?"
"커피 한 잔이 얼만데."
"4100원…."
"있어봐."

띠링, 하고 내 핸드폰이 울렸다. 딱 4100원이 들어와 있었다.

"고마워!"

나는 꼴보기 싫은 자식 사라져준다는 핑계를 대고 짐을 싸들
고 카페로 나섰다. 전기세 6만원이면 내가 매일 카페를 가는 것
보다야 훨씬 싸지 않을까, 하는 철없는 생각을 하면서.

카페에 가서 자소서를 쓰려고 노트북을 여니 당장 눈앞이 막막해졌다. 자소서 쓰는 거야 대단히 큰 일은 아니다. 무슨 말을 어떻게 써야 하는지 기업 조사는 어떻게 해서 넣어야 하는지 그건 뻔한데, 다만 어려운 것은 내가 인생을 잘못 살았다는 감각이다. 쓸 말이 없는 건 아니지만 대단한 건 하나도 없다. 뛰어나게 영어를 잘하는 것도 아니고 대단히 특별한 경험이 있는 것도 아니다. 내가 최선을 다해서 써낸 자소서가 채용 담당자 입장에선 얼마나 우스울까 생각하게 된다. 귓가에 누군가의 목소리가 이렇게 말하는 것 같다. "얘는 무슨 자신감으로 이걸 냈지?" "자격이 전혀 안 되는데, 채용 공고 안 읽었나?" 아니면 "자소서만 잘 쓰는 타입이네. 못 써먹겠다."고 할지도 모른다. 이대로 취업을 못하고 올해를 넘기면 점점 더 어려워지겠지. 나이 많고 경력 없는 사람은 기업에서 싫어하니까. 그걸 '공백기'라고 부른다. 여이선씨, 1년, 2년 뭐 했어요? 놀았어요? 인생에서 아무것도 하지 않은 기간. 어느 나라에서는 갭이어라고 해서 그 기간에 앞날의 방향을 잡고 생각을 하는 기간이 있다던데 우리나라에서 그걸 가지려면 해외로 나가서 워홀을 하면서 생각을 하든지 유학을 가서 영어를 배우면서 생각을 하든지 해야 한다. 그게 아니면 공백기다. 공백기라는 건 남에게 설명할 수 없는 기간이다. 허송세월이요, 불성실의 증거다. 1년이나 놀았어? 아무것도 안하고? 자소서를 쓰기 직전엔 이렇게 나를 비난

하는 소리가 머릿속 가득 차오른다. 그러니 하루 빨리 뭐라도 하지 않으면 안 돼, 이러다간 정말 엄마아빠 등골이나 빨아먹는 인간 폐기물이 된다는 생각으로 터져버리기 직전에서야 나는 안녕하세요, 여이선입니다. 라고 문장을 시작할 수 있었다.

"어? 뭐야."

아까 노트북 켰을 때는 분명 배터리가 100%였는데 5%가 되어 배터리 잔량이 빨갛게 표시되고 있었다. 내가 그렇게 헛생각을 오래 했다고? 아니면 노트북 배터리 수명이 다 했나? 나는 의아하게 생각하면서 의자 밑 콘센트에 전원을 연결했다. 안 그래도 돈 없는데 죽어라, 죽어라 하는구나.

노트북을 쓸 수는 있었지만 배터리 충전이 되지 않는 걸로 봐서는 교체 시기가 된 게 분명했다. 이대로 내내 쓰면 펑 터지지 않을까. 나는 잠시 무서운 생각을 했다. 노트북 배터리가 펑 터져서 내가 죽으면 취업 걱정은 안해도 될 거라고. 하지만 노트북 배터리 폭발로 사람이 죽으려면 얼마나 크게 터져야 할까. 그냥 엄청 아픈 화상만 좀 입지 않을까.

한창 자소서를 쓰는 중 노트북은 아예 꺼져버렸다. 배터리 충전이 안 되는 정도라면 콘센트 꽂고 쓸 수는 있었는데. 엄마한테 돈 달라고 하면… 엄마가 한숨을 쉬면서 그래도 노트북은 있어야지, 하고 돈을 주기야 하겠지. 하지만 그러기 싫다. 돈 없고 직장없는 나는 하루하루 작아지고 있었다. 나는 노트북을 챙겨서 집으로 향했다. 자소서는 구글 문서로 작성했으니까 핸드폰으로 계속 쓰면 되긴 했다.

"나 왔어."
"밥 먹을 시간은 딱 맞추네."

아이고, 너무 식충이 취급한다. 저기다가 대고 내가 노트북 얘기를 꺼내야 한다니 가슴이 갑갑해져온다.

"노트북이 고장나서 올 수 밖에 없었어."
"고장났어?!"

엄마가 대번에 목소리가 올라간다.

"아빠는 안 왔어?"
"오고 있대."
"그래."
"노트북 새로 사야 해?"

엄마가 화제를 다시 노트북으로 돌렸다. 나는 우물거리며 말했다.

"가서 봐야 돼, 배터리만 갈아도 될지도 모르고…"
"배터리만 갈면 얼만데?"
"아이, 가서 물어봐야 한다니까… 사는거보다야 싸겠지."
"얼마나 썼다고 벌써 고장이야?"
"4년 썼어 4년. 그 정도면 오래 쓰긴 했어."
"한두 푼 하는 것도 아닌데 4년은 더 써야지."

나는 더 말하지 않았다. 이게 무슨 전자레인지도 아니고. 나야말로 노트북이 5년 10년 쓰는 물건이면 좋겠다! 한두 푼 하는 것도 아닌데! 돈 달라는 내 기분은 뭐 얼마나 편안하다고 생각하는 거야.

"혹시 모르니까 다시 한번 볼게."

나는 노트북을 콘센트에 꽂고 열었다. 아까랑은 다르게 또 조금씩 충전이 되고 있었다. 약간 느린 것 같기는 하지만.

"어? 또 되네?"

"돼?"

엄마의 얼굴에 화색이 돌았다. 다행이지 다행이야.

"카페 콘센트가 뭔가 이상했나봐. 접촉이 잘 안되었든지."
"다행이네~ 취업하면 새로 하나 사. 돈 벌어서."
"알았어."
"어쩌면 집에 냉장고랑 전자렌지 같은 게 너무 낡아서 전기
세가 많이 나오나?"
"어, 그런 얘기도 들어는 본 것 같아. 효율이 떨어진다든가."
"에휴."

엄마가 한숨을 쉬었다. 언제 집에 돈 있어본 적이 없으니까.
맨날 낡은 것만 쓰게 되고… 그런 생각을 하면 나도 우울해진
다. 엄마는 오죽하겠는가.

"내가 취업해서 많이 벌어올게."

나는 엄마를 위로하기 위해서 조심스럽게 어려운 이야기를
꺼내보았다. 엄마는 마음이 약해서 금방 울 것 같은 얼굴로 말
했다.

"그래, 너밖에 없다."

삐삑삑삑삑, 도어락 여는 소리가 나고 아빠가 들어왔다.

"나 왔어."
"어, 밥 먹어. 닭도리탕 했어."
"아이구, 맛있겠네."

나와 엄마는 식탁을 차리고 아빠는 옷을 챙겨 화장실로 씻으러 들어갔다. 씻고 나온 아빠가 식탁에 앉으며 말했다.

"오면서 전기 계량기를 봤는데, 우리집 건 그게 선풍기처럼 돌아가더라."
"그래? 역시 뭐 문제가 있나봐."
"한전에 전화해볼까?"
"그래야겠어."
"내일 낮에 내가 해볼게. 엄마 아빠 출근하니까."
"그래, 전화 해보고 알려줘."

하지만 다음날이 되자 나는 전화는 오후에 해야지, 하고 완전히 잊고 있었다. 어제 자소서를 결국 완성해서 보냈기 때문에 오늘 하루 정도는 좀 쉬고 싶었다. 그런다고 긴장과 불안이 잊혀지지는 않겠지만 이런 때일수록 스스로를 너무 못살게 굴면 안 된다고 생각한다. 그래서 나는 내가 좋아하는 감자칩과 제로콜라를 사다 먹으며 넷플릭스를 보다가 잠이 들었다. 감자칩 봉지 열어놓고 자면 개미꼬이는데….

한참 자다가 눈을 뜬 것은 귀신인지 뭔지 이상한 소리 때문이었다. 부스럭거리는 소리 같은 게 나고, 누군가 자꾸 미안하다고 속삭여서 소름이 돋았다. 사실은 취업 준비가 길어지면서 이런 종류의 가위에 자주 눌리고 있었다. 집, 그러니까 부모님에 대한 죄책감이 아무래도 갈수록 커지나보다 싶었다. 안 그러려고 하는데도.

당연한 말이지만 눈을 떴을때는 아무것도 없었다. 빈 봉지만 남은 감자칩 때문에 약간 소름이 돋기는 했지만, 귀신이 감자칩을 먹진 않았을 것이다. 감자칩을 와작바작 씹는 귀신이라면 오히려 귀여울지도 모르고. 아무튼 이상한 일이었지만 내가 다 먹었는데 기억이 안 나나보다, 하고 그냥 넘어갔다. 하지만 그날 저녁 퇴근한 엄마랑 대판 싸우고 나서는 이 일을 그냥 넘어갈 수 없게 되었다.

"야! 먹었으면 치우든가 이걸 이렇게 해 놓으면 어떡해! 그리고 이거 나 출퇴근하면서 배고플 때 먹으려고 사다 놓은 건데 양심도 없이 이걸 다 먹고…."

"뭐 말하는 거야? 나 오늘 내 과자 사다 먹었어."

"너 일로 와 봐."

엄마가 다용도실 앞에서 식식거리면서 나를 불렀다. 나는 무슨 일인가 하면서 그 앞으로 갔다.

"니 눈에는 이게 안 보여?"

초코파이 봉지가 바닥에 엄청 떨어져 있었다. 내용물은 없고 봉지만.

"나 아닌데…? 엄마, 나 초코파이 안 먹잖아."

"그럼 너 말고 누가 있어."

나는 일단 초코파이 봉지를 치우려고 하나를 집어들었다.

"이거 좀 이상한데? 엄마 봐봐."

나는 초코파이 봉지 하나를 엄마에게 보여주었다. 엄마는 화가 많이 난 것 같았지만 봉지를 살펴보더니 뭔가 되게 이상하다는 얼굴로 나를 보았다.

"뭐야 이게? 꼭 쥐 파먹은 것처럼…"

초코파이 봉지가 한 선으로 죽 찢어진 게 아니라, 울통불통한 게 누가 이로 뜯어낸 것 같은 모양이었다.

"집에 뭐가 있는 거 아냐?"
"집에 있을 게 뭐가 있지…? 개미는 몰라도 쥐는 확실히 없을텐데…"
"약 같은 거 사다 놓을까? 쥐약 바퀴약 이런 거."
"쥐는 확실히 아닐 테니까 개미랑 바퀴랑 같이 잡는 거로 사다가 구석에 붙여 놔."
"응. 초코파이도 사 올게."

엄마가 초코파이로 많이 속상한 것 같았다. 초코파이를 가방에 넣어 다니면서 퇴근길에 하나 까 먹는 게 엄마의 작은 낙이었다. 그걸 아는 나도 속상했다. 자기만의 작은 영역이 침범당하면 어떤 기분인지 아니까.

아빠가 돌아오는 시각에 맞춰 엄마와 나는 같이 저녁을 차렸다. 저녁이라고 해봐야 아침에 먹다 남은 국과 김치 몇 가지였다. 아빠에게도 오늘 있었던 일을 이야기했다.

"그냥 이선이가 먹은 거 아냐?"
"나 아니라니까~! 그리고 그 봉지 딱 보면 사람이 그런 게 아냐. 못 믿겠으면 쓰레기통 확인해 보든가."
"개미가 포장비닐까지 뜯고 초코파이를 먹는 것도 이상하잖아."
"그렇다고 쥐가 있을 건 아니잖아."
"쥐가 그런 지능이 있던가?"
"믿기 싫음 말어."

아빠는 그렇게까지 못믿는 건 아니라며 물러섰다. 게다가 사건의 최대 피해자인 엄마가 강력하게 범인이 내가 아니라고 했으므로 아빠는 그러면 쥐약도 같이 놓아보자고 말을 보탰다. 그래서 나는 쥐약 바퀴약 개미약을 다 놓아보기로 했다. 뭐가 있는지 모르니까.

하지만 약을 놓고 일주일, 이주일이 지나도 잡히는 것은 하나도 없었다. 그 사이에 우리집은 그 달의 전기세 고지서를 받았다. 요금을 보고 엄마는 물론이고 나도 아빠도 충격을 받았다. 어떻게 생각해도 나 혼자서 쓸 수 없을 정도였다. 전기세가 20만원이나 나왔으니까. 더 이상한 건 가스 요금이었다. 내가 집에서 딱히 엄청나게 음식을 많이 하는 것도 아니고, 온수를 펑펑 써대는 것도 아니다. 내가 하루 종일 가스불을 틀고 온수를 계속 돌린다고 해도, 난방을 하는 것도 아니고 한창 날 좋은 5월달에 가스 요금이 10만원이라는 건 말이 안 되었다. 놀라기도 했지만 화가 났다. 세 식구 사는데 전기, 가스 합쳐서 30만원이면 죽으라는 거야 뭐야.

이번엔 득달같이 한전에 전화를 해서 따졌다. 하지만 한전 상담사가 해줄 수 있는 말은 쓴 만큼 나오는 것이기 때문에 혹시 효율이 낮은 가전 제품이 있는지 확인해보고 안 쓸때는 콘센트를 빼 두라는 말이 전부였다. 그리고 전기 검침을 해주겠다는 말과.

큰 기대는 하지 않았지만 그래도 아무것도 하지 않을 수는 없었다. 우리는 한전 기사를 부르기로 했다. 기사는 10분쯤 보더니 아무 이상이 없다고 말했다.

"이 정도를 갖고 전기료가 20만원이 나올 수가 없어요. 가전 제품이 효율이 낮고 어쩐다고 해도 이걸 가지고는."

"그럼 왜 20만원이 나오는 건데요?"

"저야 모르죠."

"그걸 모르시면 어떻게 해요, 한전에서 전기세 20만원 매겼으면 저희가 납득할만한 이유가 있어야 할 거 아니예요."

"전기료에요. 전기료. 전기 쓰고 내는 게 세금이 아니니까."

분통이 터지는데, 모른다고 딱 자르는 사람에게 더 할 말도 없었다. 기사는 얼른 신발을 신고 가버렸다. 이럴 거면 왜 왔어. 그런 말은 나도 하겠다! 이걸 갖고 전기세, 아니 전기료 20만원이 나올 수가 없으니까 전화해서 부른 거 아냐!

그렇지만 아저씨 상대로 나 혼자 그렇게 따져서 이길 수도 없고, 홀랑 신발 신고 가버린 사람 뒤쫓을 수도 없었다. 퇴근한 엄마아빠에게 말하니까 그런 게 어딨냐고 화를 냈지만 내 말이 그 말이다. 엄마아빠는 더 똑똑하게 따지고 들지 못한 나를 책망했지만 아니 그쪽도 모른다는 걸 내가 뭘 알아야 더 따지든 뭘 더 봐달라고 하든 하지. 이 문제는 가스도 마찬가지였다. 우리가 알 수 있는 게 아무것도 없었다. 우리는 불안한 마음으로 다음 달을 기다렸다. 나는 마음이 조급해졌다. 카페 오픈 타임 아르바이트로 돈을 보태고는 있었지만 이걸로는 사실 내가 먹고 쓰는 것 반도 못 채운다는 걸 알고 있었다. 하루라도 빨리 취업하지 않으면 안된다는 생각이 들었다. 엄마아빠가 그런 말을 하진 않았지만…

하지만 내 취업은 여전히 감감 무소식이었다. 한 달에 한 번쯤은 서류가 붙어 면접을 보아도 합격하진 않았다. 엄마는 내가 뚱뚱해서 그렇다며, 살을 더 빼라고 했지만 그런 이유라면 세상에 뚱뚱한 사람은 다 거지가 되었게. 하지만 먹는 것도 눈치가 보여서 슬슬 살이 빠지는 것도 사실이었다. 무엇보다, 이집에 가장 오래 있는 것이 나이기 때문에 전기고 가스고 미묘하게 내 책임인 것 같은 기분이 컸다. 내가 그렇게 뭘 많이 쓴건 아니지만. 그렇지만, 초코파이를 먹었던 쥐나 바퀴 같은 것이 전기와 가스를 쓴다고 생각할 수는 없었다. 그러면 무엇이 전기와 가스를 잡아먹고 있을까?

나는 그냥 전보다 더 열심히 집안일을 했다. 청소도 더 하고 쓰레기도 재깍재깍 비우고 엄마 아빠 퇴근하고 와서 신경 쓸 것 없게 저녁 반찬도 해놓고. 하지만 그것도 곧 여의치 않아졌다. 냉장고가 급속도로 비어가기 시작했던 것이다.

"엄마, 지난번에 고기 먹고 남은 거 어디에 넣어놨어?"

분명히 고기 두 근을 사서 셋이 한 근 구워먹고 나머지 냉동실에 넣었었는데. 도저히 찾을 수가 없어서 퇴근 중일 엄마에게 전화를 걸었다.

-냉동실에 넣었지?

"그치? 근데 왜… 없지?"

그뿐만이 아니었다. 보관해 놓고 먹지 않는 것으로 가득했던 냉동고가 듬성듬성했다. 나는 변화를 잘 눈치채는 사람은 아니지만, 냉동고 안에 내용물 없는 비닐이 흐물흐물하게 놓여져 있으니 이상하다는 생각을 할 수밖에 없었다. 나 아르바이트 간 사이에 엄마나 아빠가 냉장고 정리를 했다면 비닐은 다 버려졌어야 했다. 나는 냉장고를 열어보았다. 메인 반찬은 없어도 김치나 나물 무쳐 놓은 것, 하다 못해 계란 후라이라도 해야 할 것 같아서.

"그릇이 비었어…?"

반찬통이 비어있었다. 락앤락이며 둥그런 도자기 반찬통이며 할 거 없이, 싸그리 비어있었다. 나는 다시 냉동실을 열어 남은 음식들을 열어보았다. 냉동실에 있었던 것인데도 심한 악취가 나서 도저히 먹지 못할 것들 뿐이었다. 누군가 음식물 쓰레기만 남기고 냉장고를 싹 털어간 거라고 생각할 수 밖에 없었다. 김치 냉장고에 넣어둔 야채도 마찬가지였다. 왜? 이걸 왜? 나는 퇴근한 엄마에게 도둑이 든 것 같다고 말했다.

"내가 내내 집에 있기는 했는데, 내가 못 봤나봐. 어떻게 이렇게 될 수 있지? 일단 경찰에 신고는 했어. 아파트 씨씨티비 있으니까 확인할 수 있지 않을까. 도어락 비밀번호 일단 바꿨는데, 어떻게 하지…"

말하다보니까 괜히 무섭고 짜증나서 눈물이 났다. 엄마가 양손으로 내 어깨를 잡았다.

"이선아, 진정해. 집에 도둑 들면 잡으면 되지. 엄마 아빠 없을 때 법동 이모집에 가 있든지 해. 우리 출근할 때 같이 나가서. 아니면 카페 있어도 되고."
"응…"

나는 고개를 끄덕였다. 나중에 퇴근한 아빠에게도 무슨 일이 있었는지 말했다.

"큰일날 뻔했네. 이선이 너 안다쳐서 다행이다."

나는 당장이라도 이사를 가자고 말하고 싶었지만, 이사는 불가능했다. 우리 가족이 집을 살 수 있었던 것도 여기가 서울이 아니고, 이 지역에서도 집값이 싸서 가능했다. 주변 집값이 몇 억씩 오르는 동안 우리집은 오천만원에서 1억 5천이 되었고, 1억 5천으로 이것보다 나은 집을 구할 가능성은 없었다. 서울로 가면 1억 5천이면 신촌에 10평도 안되는 오피스텔 값이다.

나는 엄마아빠 말대로, 출근시간에 맞춰 나갔다가 엄마 아빠가 집에 들어오면 귀가하기를 반복했다. 경찰은 씨씨티비를 확인하고는 찍힌 게 아무것도 없다는 말만 했다. 집에 물건이 없어지긴 했는데 누가 들어왔다 나간 흔적조차 없다고. 아빠는 그럼 냉장고가 저 혼자 음식을 먹어치웠다는 말이냐고 따졌다. 경찰은 그 외 딱히 금전적으로 손해보신 건 없잖아요? 라고 말했다. 그걸로 수사는 끝이었다. 저택도 아니고 20평 아파트에 무슨 대단한 비밀공간이 있어서 외부인이 들락거린다고 생각할 수도 없었다. 숨어사는 누군가가 나 모르게 그 많은 음식을 다 먹어치우거나 이 집 어딘가 숨겨진 공간에 그걸 다 저장했다고 생각할 수도 없었다. 허공에 안 보이는 공간이 떠 있지 않는 한 이 집에 그런 게 있을 턱이 없었다. 옆집과의 벽이 얇아 코고는 소리랑 핸드폰 진동까지 들릴 지경이니 벽을 파고 뭐가 들어앉았을 리도 없었다.

경찰도 가스공사도 한전도 '모른다' 라고 말하는 사이 우리집은 우리의 재산과 음식을 미친듯이 먹어치웠다. 그 다음달 전기료와 가스요금은 각 30만원/20만원으로 둘이 합쳐 50만원이었다. 생각지도 못했던, 우리를 괴롭히지 않았던 수도요금도

15만원으로 뛰었다. 냉장고에 뭐라도 넣으면 마법처럼 사라졌고 쌀통은 그야말로 밑빠진 독이라는 말이 딱 맞았다. 누군가 이 집 전기와 가스를 몰래 훔쳐 쓰는 건 아닌지 건축설비전문업체를 불러다 확인도 해봤지만 그 아저씨 역시 고개를 저었다. 있을 수 없는 일이라고 하는 것이다. 나는 이미 기운이 없어서, '있을 수 없는 일인데 왜 일어나고 있냐고요.'라고 따지지도 못했다. 우리는 전자제품 코드를 전부 뽑고 수도와 가스 밸브를 잠근 뒤 근처의 아주 싼 모텔에 방을 잡고 컵라면을 먹었다. 이쯤 되니 더 못한 집으로 가더라도 이 집을 팔고 이사를 가야 할 것 같았다. 나는 모텔방에서 노트북으로 자소서와 이력서를 썼다.

"아. 면접용 정장."
"안 챙겨 왔어?"
"지금 가져올게."
"아빠랑 같이 가자."

아빠가 벌떡 일어났다. 엄마도 같이 가겠다고 했다.

"짐 남은 것도 좀 챙겨오자. 최대한."

그래서 엄마와 아빠와 나는 모텔 방에 가방을 탈탈 털어서 빈 가방을 들고 나섰다. 우리는 집이 무엇을 또 먹어치울지 몰라서 불안했다. 아마도 가전제품 같은 것은 괜찮은 것 같았지만 우리가 안심할 수 있는 것은 아무것도 없었다. 애초에 냉장고 속 음식이 그렇게 깨끗하게 없어질거라고 생각이나 했겠는가.

일단, 내 면접용 정장은 없었다. 이상할 것은 없었다. 어떤 옷은 있었고 어떤 옷은 없었다. 거기에 어떤 기준 같은 것은 없어 보였다. 아무튼 남은 것 중 쓸만한 것을 챙겼다. 어찌어찌 잘 돌려입으면 여름은 나겠다 싶은 것들로. 짐을 챙기는데는 약 15분이 걸렸는데 그건 우리 셋 중 아무도 이 집에 느긋하게 있을 마음이 없었기 때문이었다.

"아빠, 뭐 해?"
"왜 계량기가 돌아가지?"

아빠는 전기 계량기 앞에 우뚝 서 있었다.

"코드 다 뽑았는데, 왜 계량기가 돌아가냔 말이야!"
"아빠."

아빠는 누구에겐지 모르게 버럭 소리를 지르고는 고개를 숙였다.

"미안해…"
"아냐."

화가 나는 것은 나도 엄마도 마찬가지였다. 조금 슬프기까지 했다. 왜 이런 일이 생겼는지는 아무도 모른다.

"우리가 뭘 잘못했을까…"
"잘못한 거 없어."

나는 아빠의 말을 딱 잘랐다. 우리는 그냥 열심히 살았다. 예순이 다 되도록 일하는 엄마와 아빠가 무엇을 잘못했나.

"엄마 아빠는 잘못한 거 없어…"
"너도 없어."

우리는 눈이 시뻘개져서 모텔로 돌아갔다. 나는 나대로 취업이 안되는 내 무능을 탓하고 있었고 엄마와 아빠는 각자 스스로가 인생에 기억 못하는 잘못이 있을지 진지하게 생각하는 것 같았다. 우리는 서로에겐 잘못이 없다고 굳게 믿었지만 그게 별로 도움이 되는 것 같지는 않았다. 우리는 각자 매우 슬펐다. 그나마 서로를 괴롭히지 않아서 다행일까.

엄마와 아빠는 다음날도 멀쩡한 척 출근을 했다. 나에게도 오래 불안해하거나 슬퍼할 시간은 없었다. 나는 기계적으로 이력서를 썼다. 나는 계속 이력서를 써서 냈고, 무수히 많은 서류 탈락을 겪고 있었다. 취업 준비가 길어진다고 해서 관성적으로 이력서를 쓰지 말아야지, 생각은 했지만 기계적으로 써서 한번 찔러보듯 내는 경향이 점점 짙어져 가고 있었다. 나는 더더욱 많은 불합격 통보를 받았다.

돈, 돈이 나가고 있었다. 우리가 집을 비운 동안에도 치솟는 전기, 가스, 수도요금, 모텔 방값, 식비, 핸드폰비. 엄마와 아빠는 결국 부동산에 집을 판다고 이야기했지만 그것도 언제 팔릴지 모르는 일이었다. 우리는 그 기간에 작은 월셋방을 얻기로 했다. 친척들 신세를 질까, 생각도 했지만 집이 언제 팔릴 줄 알고. 그나마 그 집에 있는 무언가가 우리를 쫓아오지 않는다는 점이 우리에게 작은 희망을 갖게 했다. 모텔에서 지내는 것은 정말 기빨리는 일이었지만 우리는 힘을 내어서 갈 만한 월셋방이 있는지 보러 다녔다. 우리는 500에 35로 둔산동에 투룸을 얻었다. 집 크기가 절반으로 줄었지만 우리는 이제 짐이 많지 않았다. 멀쩡한 식탁이 없는 것, 냉장고가 볼품 없어진 것, 제대로 요리할 수 있는 공간이 없는 것은 쓸쓸한 일이었지만 그렇게 치명적이지는 않았다.

문제는 그 집이었다. 그 집은 여전히 우리의 책임이었다. 모든 자원을 마구 소모해버리는 그 집. 집이 안 팔리고 있었다. 콘센트를 뽑아도 가스와 수도 밸브를 잠그고 많은 가전을 헐값에 중고로 팔아넘기고 가구를 내다버려서 이제 완전히 빈 집이 되었는데도 그 집은 미친듯이 우리의 돈을 집어 삼켰다. 월세는 35만원인데 그 집 때문에 내야 하는 요금은 이제 80만원이었다. 엄마가 벌어오는 돈이 140이고 아빠가 벌어오는 돈이 고작 200이었다. 셋이 합쳐서 340을 버는데 (내가 0이니까) 100만원 가까이가 매달 그냥 사라지고 있었다.

"나는 이렇게 못 살겠어."

엄마가 말했다.

"집이 팔리면 괜찮아질거야."

아빠가 대답했다.

"그 집이 우리를 죽이고 있는 게 아닐까."

"어떤 일은 그냥 일어나."

엄마가 신발을 신고 밖으로 나갔다.

"어디가?"

엄마는 대답하지 않았다.

"어디 가냐고!"

엄마는 미친 사람처럼 뛰쳐나갔다. 아빠와 나는 잠시 서로를 멀뚱히 보다가 한박자 늦게서야 엄마를 쫓아 나갔다. 엄마는 서투른 운전 실력으로 차를 몰고 가버렸고 나와 아빠는 간신히 택시를 잡아탔다. 엄마는 그 집으로 가고 있는 게 분명했다.

"동아로얄아파트로 가주세요."

다행히 우리는 엄마를 거의 따라잡을 수 있을 것 같았다. 택시에서 내렸을 때 엄마는 차를 제대로 주차하지도 않고 아파트 입구에 아무렇게나 세워둔 채 그 집으로 뛰어 들어가고 있었다.

"엄마! 엄마!"

나는 엄마를 목놓아 부르며 뛰었다. 엄마는 대체 거기 가서 뭘 어쩌겠다는 걸까. 거기 뭐가 있는지 알고. 엄마는 나를 남겨놓고 엘리베이터를 타고 위로 올라갔고 아빠와 나는 7층까지 숨이 턱에 차게 뛰어 올라갔다. 문을 열었을 때는, 살충제를 든 엄마가 보였다. 엄마가 미친듯이 온 집안에 살충제를 뿌려대고 있었다.

"죽어! 제발 좀, 죽어! 죽으란 말이야!"
"엄마, 그만해, 그런다고 안 돼."
"그럼, 그럼 가만히 있어? 우리 집인데, 이 집을 어떻게 샀는데. 서울 같았어 봐. 아직도 월세 살았지. 그나마 여기나 되니까, 집 같은 집 살았는데. 여기나 되니까…!"
"엄마 내가, 내가 곧 취직할게. 나 취직하고 집도 팔리면 그럼 다 괜찮아져. 엄마."
"이선 엄마, 아니 순아야, 진정해. 이 정도 되는 집은 많이 있어."

엄마가 잠시 조용해졌다. 엄마는 울고 있었다. 어린애처럼 훌쩍훌쩍 울면서 엄마가 말했다.

"자기, 솔직히 내가… 한 번도 이런 생각 안 했는데… 지금은 자기가 너무 미워."

아빠가 숨을 삼켰다. 엄마는 더 말하지 않았다. 아빠는 고개를 숙였다.

"미안해."

나는 어쩌면 좋을지 몰랐다. 평생 돈 버는 능력이라고는 없었던 아빠를 원망해야 할지, 동정해야 할지. 아빠가 무능해서 밉다고 말하는 엄마에게 그러지 말라고 해야 할지. 다른 말로 엄마를 위로할 수 있을지.

"아냐, 그런 소리 해서 내가 너무 미안해… 그런 게 아닌데…"

엄마도 울고 아빠도 울고 나도 울었다. 우리 가족은 그 자리에 주저 앉아 한참을 통곡하다, 울만큼 울고 서서히 진정되어 갔다. 우리는 어느새 나란히 내 천(川)자로 누워 서로 손을 잡고 있었다.

"월셋방 가기 싫다."

"그러게."

"사실 이 집 파는 것도 싫지."

"응."

"졸리다."

"나도."

"한숨만 자고 가자…"

나는 이미 살짝 잠이 들락말락한 상태였다. 이따가 엄마나 아빠 중 누군가는 일어나서 깨우겠지, 안이한 생각을 하면서 슬슬 잠이 들었다. 나쁜 일만 잔뜩이지만, 이 집이 팔리고… 내가 취업만 하면… 다 괜찮아질 것 같았다. 상황은 더 나빴을 수도 있었다. 월셋방도 갈 돈이 없었을 수도 있고, 내가 이것보다 훨씬 어렸을 수도 있고… 이 정도면 극복할 만한 불행이 아닐까… 불행이 아닌 건 아니지만…. 그렇게 생각하면서 점점 나른해져 갔다. 엄마 아빠가 서로 나직하게 말하는 소리가 들렸다.

'미안…'

'어쩔 수…'

'필요…'

뭐라고 하는지 정확히는 들리지 않았지만, 무언가 끊임없이 사과하는 것 같았다. 그러지 말지. 괜히 서로 더 슬퍼지기만 하는데. 그냥 잠들고 좀 잊지.

일어났을 때는 한 시간쯤이 흘러 있었다. 내 옆에 엄마 아빠는 없었다.

"엄마? 어디갔어? 아빠?"

순간 무서운 기분이 들었다. 핸드폰도 두고 두 사람이 사라져 있었다. 혹시 화장실에 갔는지, 혹시 베란다에 있는지 보았지만 없었다.

"지금 이런 장난 칠 때 아니잖아! 엄마! 아빠!"

나는 장판을 들춰내었다. 이유는 모르겠다. 거기에 있을리가 당연히 없는데도. 마치 어렸을 때 색연필이나 잃어버린 스티커 따위를 찾겠다고 온 집안을 뒤졌던 것처럼. 무리해서 식탁 유리를 들어올리려고 하거나 장롱의 모든 옷가지를 꺼내려고 했던 것처럼.

"어디갔어…!"

나는 소리를 지르며 울었다. 집 밖에는, 집 밖에는 없을 것 같았다. 분명히 이 집 안에 있다는 이상한 확신. 엄마 아빠가 나를 두고 어딜 갔을 리가 없으니까. 특히 이런 집이라면 날 두고 이 앞 슈퍼조차도 가지 않을 사람들인데. 이상한 불안감이 전신을 휘감았다. 이 집이, 집이 엄마아빠를 삼켰다는 그런 생각.

"내 놔…! 도로 토해 내! 토해 내라고!!!"

나는 벽을, 방바닥을 마구 두드렸다. 키보드만 두드린 내 손은 너무 약해서 두 번만에 손이 엄청나게 아팠다. 나는 아까 엄마가 뿌렸던 살충제 통을 들고 깡깡깡 바닥을 내리쳤다. 전혀 힘이 실리지 않았다. 그 때, 개미 한 마리가 지나갔다. 유유히, 혼자서.

"다용도실…."

다용도실로. 나는 다용도실의 문을 열었다. 엄마가 초코파이를 놓아두던 선반이 있었다. 선반 위에 우리가 그다지 중요하게 여기지 않았던 플라스틱 바구니 몇 개가 쌓여 있었다. 그리

고 아주 오래된 녹색 통돌이 세탁기. 나는 그 세탁기를 들어냈
다. 그 순간.

　새까맣게, 아주 까맣고 작은 개미떼 같은 것들이, 하지만 분
명 개미는 아닌, 내가 본 적 없는 작은 생물들이 솟구치듯 튀어
나왔다. 그것들은 아주 빠르게 내 팔다리를 기어 올랐다. 그것
들이 내게 끊임없이 말을 걸어왔다. 미안해, 고마워, 필요해서,
미안해, 고마워, 어쩔 수 없이… 새까맣게 뒤덮인 나는 얼굴을
감싸쥐고 뒤로 넘어갔다. 쿵 소리가 나고 머리가 엄청나게 아
팠다. 울고 싶었지만 이미 안구가 없었다.

허설

타투와 술, 커피를 좋아하고 바나나와 중국식 감자볶음을 잘 먹습니다.

놀자고 부르면 곧잘 나가고, 출근 전 한 시간 퇴근 후 두 시간 글을 씁니다.

남들에게는 별거 아니지만 나에겐 소중한 것, 그나마 내 손에 쥔 것을 잃는 것에 대한 이야기를 쓰고 싶었습니다. 불행에 대한 걱정을 소설에 담는 건 그만큼 제가 안정을 추구하기 때문인 것 같아요. 저는 메일 쓸 때 인사도 평온하시라고 하거든요. 저한테 평온은 발밑이 단단한 거예요. 이 글을 보시는 여러분도 발밑이 단단한 하루 보내시면 좋겠습니다.

카미카쿠시

이일경

A: 사람 잡아먹는 괴물이나 아이들을 납치해가는 괴물 얘기가 옛날부터 이곳저곳에 퍼져있는 걸 보면 이런 생각이 들곤 해.

B: 무슨 생각?

A: 실제로 그런 존재가 있고, 사람들은 그 존재를 보고 전승을 한 거지. 근데 어느 순간 그 괴물이 발길을 뚝 끊은 거야. 그래서 실화였던 이야기는 전설이 되고, 아무도 안 믿는 허구로 전승되어 현재에 이른 것이고.

B: 재밌는 상상이긴 한데, 좀 끔찍하네.

A: 아니, 생각해봐. 만약 닭들만 모여 살게 된 어떤 고립된 지역이 지구에 존재한다면, 그 닭들은 인간을 가리켜 이렇게 말

할걸? '얘야, 닭들을 잡아먹는 거대한 괴물이 존재했단다. 낳은 알이 어디로 갔는지 감쪽같이 사라지면, 그 괴물들이 납치해간 것이지.' 그러면 병아리들은 이렇게 말하겠지. '세상에 닭을 먹는다니 끔찍해요. 근데 진짜는 아니죠?' 어떻게 생각해?

오랫동안 발길을 끊었던 그 괴물들이 왜 다시 찾아왔는지는 아무도 모른다. 왜 갑자기 발길을 끊게 되었는지, 그동안 어떻게 지냈는지 아무에게도 알려져 있지 않다. 하지만 먼 옛날 인류기 처음 등장한 그때부터 인간을 양식으로 삼아온 그 괴물들이 다시 찾아왔다는 것만큼은 분명한 사실이었다. 주인 없이 방치되었던 자연 상태의 양식장을 찾아낸 괴물들은 뛸 듯이 기뻐하였다. 오랜 전쟁으로 굶주린 괴물들은 닥치는 대로 양식장을 털어 주린 배를 채우기 시작했다. 인간들은 괴물들의 손을 피해 이리저리 달아나는 닭이 되었다. 자신의 알을 지키기 위해 날카로워진 암탉처럼, 갓난아이를 안은 어미는 괴물에게 아이를 뺏기지 않기 위해 무기를 들었다. 하지만 우리는 암탉과 달걀의 운명이 어떨지 너무나도 잘 알고 있었다. 병아리들을 데리고 도망을 치는 닭처럼, 사람들은 어린 자식들을 데리고 피난을 갔다. 하지만 양계장 밖으로 나가지 않는 한, 울타리 안에서 도망쳐봤자 언젠가는 잡힐 운명이었다. 지구를 벗어나지 않는 한 그들의 손에서 벗어나는 건 불가능했다. 어른들은 먹 잇감이 되었고, 아이들은 노리개가 되었다.

사람들은 그들 앞에서 무릎을 꿇고 울면서 살려달라고 빌었지만, 그들은 사람들이 쓰는 말을 몰랐다. 그들에게는 그냥 〈울음〉소리일 뿐이었다. 군사적 대응을 하지 않은 것은 아니었다. 군사력이 그들의 무력(武力) 앞에서 무력(無力)했을 뿐이었다. 행성이 아닌 우주를 땅 삼아 활보하는 그들에게 맞서는 것이란, 닭이 $E=mc^2$을 이해하여 핵폭탄을 만들어 이기는 것만큼이나 말도 안 되는 일이었을지도 모른다.

그러나 아무리 전쟁으로 굶주렸어도 괴물들은 현명했다. 그들은 씨가 마르지 않도록 어린 아이들은 어느 정도 남겨두었고, 지구를 살기 좋게 다듬어주었다. 미래의 양식(糧食)을 위한 양식(養殖)이었다.

괴물들은 떠났고, 인류는 원시상태로 돌아갔다. 그리고 남은 인간들은 그 괴물들을 신(神)이라 불렀다. 이것이 오랫동안 원시 종교에서 신과 악마가 하나의 모습으로 나타난 이유이자, 두려움(畏)과 숭배(崇)가 밀접한 관련을 가지는 것에 대한 해답이었다.

다시 괴물들의 발길이 끊기자 그 이야기는 전설이 되었고, 아무도 안 믿는 허구가 되었다.

B: 네 말 듣고 나니 치킨 먹는 게 괜히 기분 나빠졌어.

* * *

"넌 꼭 치킨 먹고 있을 때 그런 소리를 해야겠냐?"

보영이 들고 있던 닭다리를 내려놓으며 말하였다.

"치킨을 보니 떠오른 걸 어떡해."

아훈이 어깨를 으쓱하며 닭 날개를 뜯어 먹었다.

"떠오른다고 바로 말하냐? 기억해두었다가, 나중에 얘기를 하든가 해야지. 네 직업을 아니 이해는 하지만 때와 장소를 가려야지, 그러니까 사람들이 너 옆에 안 오는 거야."

"바로 내뱉지 않으면 까먹는다고."

아훈은 툴툴거리며 닭 뼈를 한쪽에 모아놓고 손등으로 쓱 밀었다. 그걸 보며 보영이 혀를 차며 말하였다.

"남 입맛을 뚝 떨어지게 해놓고는 얘기 꺼낸 사람은 잘도 먹네."

"그 얘기 듣고 왜 입맛이 떨어져?"

"하긴, 좀비 영화 보면서 고기 구워먹는 놈한테 내가 무슨 말

172

을 하냐."

보영이 체념한 듯 소파 위로 올라가 리모컨을 들었다. TV가 켜지고 소식을 전하는 아나운서의 목소리가 흘러나왔다. 시계를 보니 9시 20분이었다. 9시 뉴스를 할 시간이었다.

'한 마을에서 징역을 마치고 나온 다섯 명의 전과자들의 양팔이 절단되는 엽기적인 사건이 일어났습니다. 생명에는 지장이 없다고 하나, 마을은 사건의 충격으로 인해 불안에 휩싸였습니다. 경찰은 마을 내부인의 소행으로 보고 수사를…'

보영은 '하필이면'이라고 말하기라도 하듯 얼굴을 찡그렸다. 그 소식을 보고 있던 아훈이 입을 열었다.

"저거, 그 신흥 사이비 종교에서 저지른 거 아닌가?"

"아는 데야?"

"아는 건 아니고 들어본 적은 있어. 죄를 지은 사람의 양팔을 자르는 좀 정신 나간 놈들이라고 하더라고."

"아, 그래?"

그렇게 말하며 그녀는 역겹다는 듯이 혀를 내밀었다.

"그래도 종교적으로 민감하니 뉴스에서는 섣불리 언급을 안 하는 거겠지."

"다른 거 보자."

"왜? 세상 돌아가는 이야기 좀 알자."

그의 말에 보영이 고개를 절레절레 흔들었다.

"난 내 문제만으로 벅차."

보영은 채널을 돌렸고, 흥미를 끌 만한 것이 없는 수많은 채널들을 방황하며 그저 기계적으로 리모컨의 버튼을 누르며 시선을 화면에 고정하였다. 그 사이에 닭 뼈는 한쪽 구석에 수북하게 쌓여갔고, 아무도 건들지 않는 닭 가슴살 부분만 통에 덩그러니 남아 있을 뿐이었다.

"볼 거 없으면 뉴스 보자."

9시 40분 가까이 된 시계를 바라보며 아훈이 말하였다. 하지만 보영은 고개를 천천히 가로저었다.

"어차피 봐봤자 그 사건에 대해서만 떠들고 있을 텐데 뭐."

"그 사건이 보고 싶어서 그래."

보영은 한숨을 내쉬며 떨떠름한 표정으로 채널을 뉴스로 돌렸다.

'로봇 두 구(軀)가 실종되는 사건이 일어났습니다. 경찰은 로봇 권리 반대자들의 소행으로 보고 수사에 착수하였습니다. 로봇들은 하루하루 줄어가는 로봇의 숫자에 두려움과 우려를 표하고 있고, 로봇 권리 옹호 단체에서는 로봇을 살해한 자들을 엄벌에 처해야한다는 입장을 보였습니다.'

보영이 그를 바라보며 말하였다.

"안타깝게도 그 사이비가 한 짓에 대해선 얘기가 없네."

"그렇네. 별 얘기가 없었나보다."

"그럼 다시 다른 데 봐도 되지?"

보영이 묻자 아훈은 아쉬워하는 표정을 감추지 않으며 대답하였다.

"그래. 이왕이면 재밌는 것 좀…"

그때 뉴스 화면이 갑자기 바뀌었다. 인간의 눈에는 다른 색과 비교했을 때 붉은색을 감지하는 세포가 더 많아서 붉은색에 민감하다고 했었던가.

실제상황
훈련상황이 아니라 실제상황입니다.

두 사람은 그 문구를 보고 아무 생각이 들지 않았다. 지금 읽은 문장의 단어를 하나하나 분해해서 뇌에 입력을 하고 해석한 뒤, 의미를 조합하고 있었다. 방금 읽은 문구를 의심하였고, 현실에 잘못 끼어든 오타처럼 느껴졌다. 그러나 그 뒤에 바로 뜬 문구는 다시 한 번 현실을 쥐고 흔들었다.

대피령 : 전 국민은 대피 매뉴얼에 따라 침착하게 대피할 것

지역이 아니라 '전 국민'이라는 단어가 뜨자 두 사람은 이것이 예삿일이 아니라는 것은 느낄 수 있었다. 아주 천천히, 뇌는 그 문장을 이해하였고, 납득하였으며 (눈은 중간 중간 그 문구 위에 깜빡깜빡하고 뜨는 붉은 색의 '실제상황'이라는 글자를 쫓고 있었다) 뒤늦게 몸의 근육에 행동하라고 명령하였다. 하지만 머리와 몸이 분리되기라도 한 것처럼 갑작스러운 상황에 몸은 돌처럼 굳었고, 입과 혀도 마음대로 움직이지 않았다. 음산한 사이렌 소리가 창문 너머로 들려서야 두 사람은 마비에서 풀린 환자처럼 몸을 움직였고, 누가 먼저랄 것도 없이 베란다로 발걸음을 옮겨 바깥 상황을 확인하였다.

'매뉴얼을 따라 대피. 매뉴얼을 따라 대피. 근데 매뉴얼? 무슨 매뉴얼?'

그러자 눈에 들어온 것은 아수라장이 된 도시, 사람들의 물결, 줄지어 가는 탱크, 공기를 가르며 날아가는 전투기 같은 장면이 아니었다. 소름끼칠 정도로 고요한 회색빛 도시를 배경으로, 푸른 하늘에서 '무언가'가 천천히 내려오고 있었다. 그것을 보자 보영은 방금 전까지 머릿속을 지배하고 있던 걱정과 의문이 물러나고 사고가 마비되는 것 같았다. 길거리에 있던 사람들은 멸망하는 소돔과 고모라를 본 사람처럼 제자리에 멈춰서서 그것을 올려다보고 있었고, 아파트에 있던 사람들은 모두 아훈과 보영과 같이 베란다 혹은 현관으로 나와 이 광경을 지켜보고 있었다. 오로지 사이렌 소리만이 이 침묵을 깨는 듯 했으나, 기계적으로 반복되는 지루한 사이렌 소리는 오히려 이 침묵의 일부가 되어 소음으로 들리지 않게 되었다.

그것은 흔히 말하는 UFO는 아니었다. 비행접시 모양도 아니었고, 그 어떠한 모양의 비행물체도 아니었다. 아훈은 그것이 하늘에서 내려오는 검은 그림자 같다고 생각했으며, 보영은 그것이 땅으로 다가오는 검은 연기 같다고 생각했다. 지금까지 단 한 번도 본 적 없는, 이 세상의 그 무엇과도 닮지 않은 검은 물체가 땅을 향해 다가오고 있었다. 그것의 크기가 어느 정도인가 하면, 그것이 크다고 생각한 사람도 있는가 하면 작다고 생각한 사람도 있었다. 기하학과 원근법을 완전히 무시한 전혀 다른 세상의 물체와 같았다. 해가 중천에 떠있었음에도 그것은 빛을 조금도 반사하는 것 같지 않았다. 그것이 땅에 가까워질수록 사람들은 그것의 모습을 더더욱 또렷하게 볼 수 있었다. 검은 몸뚱이에 조금도 빈틈없이 날카로운 흰 이빨이 박혀있고 (이 모순되는 묘사 외에는 달리 표현할 방법이 없었다) 사이렌 소리 저 아래로 낮게 그르렁거리는 소리가 들려왔다.

문득 정신이 든 보영은 넋 놓고 바깥을 바라보던 아훈의 어깨를 잡고 흔들었다.

"이러고 있을 때가 아냐."

아훈도 정신을 차리자, 침묵의 일부로 생각되었던 사이렌 소리가 갑자기 커져 온 도시를 흔드는 것 같았다. 악몽 속의 한 장면과 같은 바깥의 풍경에 다리에 힘이 풀려 그대로 주저앉을 것만 같았지만, 여기서 그래서는 안 된다는 생각으로 필사적으로 일어서서 무거운 다리를 이끌고 현관 쪽으로 나아갔다. 그러나 둘은 어디로 대피해야 하는지, 무얼 가지고 대피해야 하는지 아무것도 알지 못하였다. TV 화면에는 여전히 '대피 매뉴얼에 따라 침착하게 대피할 것'이라는 의미 없는 문구만이 흘러나오고 있었다.

'그니까 빌어먹을 그 매뉴얼이 뭐냐고!'

그저 빨리 이 자리를 떠야한다는 생각만으로 움직이기 시작했다. 현관문을 열자, 또 다른 사이렌 소리가 들려왔다. 하지만 방금과는 달리 높고 날카로웠다. 그것은 사이렌 소리가 아니었다. 그것은 비명소리였다. 귀에 쟁쟁하게 울려 퍼지는 비명에 두 사람은 정신을 잃을 것만 같았다. 바깥으로 나가는 것이 미친 짓으로 생각되었다. 그냥 집 안에 있는 것이 안전하지 않을까 하는 생각이 들었다. 땅이 울렸다. 무언가가 하늘에 떨어진 것처럼, 육중한 무언가가 땅에 발을 디딘 것처럼.

두 사람은 아래로 내려가는 것을 그만두고 집 안으로 기어들어갔다. 하지만 현관에서 완전히 집 안으로 들어가지는 못하고 신발을 신은 채 바깥과 안의 경계에서 애매하게 서 있었다. 어떻게 해야 될지 갈피조차 잡히지 않았다. TV에는 푸른 화면만이 떠 있었고, 스마트폰을 이용하려고 해도 인터넷 서비스와 통화 서비스가 끊겨 있었다. 아훈은 바깥 상황을 보기 위해 벌벌 떨리는 몸을 이끌고 현관에서 베란다로 향하였다. 그러나 바깥 풍경은 볼 수 없었다. 누가 바꿨는지 창문이 아니라 붉은 벽이 세워져 있었기 때문이었다. 처음엔 붉은 벽이라고 생각했지만, 아훈은 이내 그것이 피칠갑이 된 유리창이라는 걸 깨달았다. 소름조차 돋지 않았다. 정상적인 몸의 반응이나 반사작용을 뛰어넘어 아무것도 작동하지 않았다. 생각도 이성도 끊겼고 몸은 고장났다.

이내 천둥이 들렸다. 하늘이 아니라 땅에서 들려오는 천둥. 짐승의 포효. 세상이 종말을 맞이할 때 어둠 속에서 기어 나온 머리 일곱 달린 용이 울부짖을 그 울음소리. 그걸 듣는 순간 아훈과 보영은 온몸에 힘이 쫙 풀림과 동시에 딱딱하게 굳어 움직이지 않게 되었다. 의사 상태(擬死狀態). 천적(天敵)의 울음소리를 듣고 피식자(被食者)가 포식자(捕食者)에 대한 방어/보호 반응으로써 본능적으로 행한다는 그것이었다. 인간은 기억하지 못했지만, 고대의 천적에 대한 기억만큼은 유전자 속에 각인되어 있었다.

붉은 벽이 깨지고 〈그림자〉가 들어왔다. 한 명인지 두 명인지 식별이 불가능하게 뒤엉켜있는 그 그림자는 그르렁거리며 송곳니를 드러낸 채, 죽은 듯이 누워있는 아훈을 이리저리 살펴보았다.

'죽어있는 것 같다.'
'신선도가 떨어지지 않을까.'
'먹고 탈나면 어떡하느냐.'

전혀 다른 그들의 언어, 그러나 이상하게 이해되는 그들의
말. 그들의 대화는 생각치도 못한 것이었고, 그것이 가리키는
바는 분명하였다. 먹힌다. 잡아먹힌다. 그러나 조금의 희망은
있었다. 의사상태에 빠진 그를 이 포식자들이 내버려두고 갈
확률도 없지는 않은 것이었다. 그들은 현관에 보영이 쓰러져있
다는 건 눈치채지 못한 것 같았다.

'일단은 가지고 가자.'
'먹고 죽기야 하겠느냐.'
'푹 삶으면 된다.'

절망적인 결론. 아훈을 데리고 가려고 하는 걸 보영은 비명
조차 지르지 못하고 지켜볼 수밖에 없었고, 그림자들은 기괴하
게 달린 그들의 촉수 같은 손가락으로 아훈을 데리고 창문으로
나갔다. 이제 사이렌 소리는 들리지 않았다. 하늘에는 붉은 폭

죽이 터지고 있었고, 귀가 먹먹해질 것 같은 폭죽 소리 위로 푸른빛이었던 하늘은 노을에 삼켜진 듯 주황색이었다. 보영은 아훈이 있던 텅 빈 마루를 바라보며 소리도 내지 못하고 속으로 울음을 터뜨렸다.

시간이 지나자 보영의 경직된 몸은 풀려 다시 움직일 수 있게 되었다. 보영은 뻐근한 두 다리를 세워 자리에서 일어났다. 현기증이 일었다. 하지만 여기에 계속 누워 있을 순 없었다. 서서 붉은 유리창 파편이 흩어져있는 마루를 바라보았다. 바깥은 고요에 휩싸여 있었다. 사이렌 소리는 꺼진지 오래이며, 폭죽 소리 또한 들리지 않았다. 비명소리조차 들리지 않는 무서운 침묵.

'아훈을 찾아야 돼…'

그녀는 현관 밖으로 발을 디디며 그렇게 생각했다.

'근데 어떻게?'

인간에게 자신의 친구를 돌려달라며 달려드는 암탉. 아훈이 얘기했던 이야기가 떠올라 온몸에 힘이 다시 한 번 쭉 빠지는 것 같았다. 극심한 무기력과 허탈감이 온몸을 감쌌다. 너무나도 현실적인 악몽 속에 갇혀 있는 것 같은 착각이 들었다. 여전히 그녀의 뇌는 이 상황을 실제로 받아들이지 못하고 있었다.

계단 한 칸 한 칸 조심스럽게 발을 내밀어 내려갔다. 계단을 내려가는 그녀의 발자국 소리가 아파트 안에 크게 울려 퍼지는 것 같아 발을 내디딜 때마다 흠칫하였다. 혹시나 그 괴물들이 눈치채고 찾아오지 않을까 불안하였다. 그러다 문득 오히려 괴물들에게 잡히면 아훈이 있는 곳으로 힘들게 찾지 않고도 갈 수 있지 않을까 하는 생각이 들었다. 그러나 밖으로 나오자마자 그런 생각은 버렸다. 거리에 나뒹굴고 있는 것들은 단순한 시체가 아니었다. 온몸이 온전한 시체였어도 충분히 끔찍했겠지만, 그녀의 발에 무심코 차이는 것은 사람의 머리였다. 날카로운 칼로 잘라낸 듯, 반듯하게 잘린 머리들만이 거리 이곳저곳에 널려있었다. 머리를 제외한 몸은 눈을 씻고 봐도 찾아볼 수 없었다.

'대체 왜…?'

머리만 남아있는 이 상황에 처음에는 의문을 가졌지만, 그 이유를 알아차리는 데는 그리 오랜 시간이 필요하지 않았다. 이유를 알게 된 그녀는 자신도 모르게 온몸을 떨며 조심스럽게 길거리를 나아갔다. 잘못 잡히다간 살아서 아훈이 있는 곳에 가질 못 하고 목이 잘린 채 갈 게 분명하였다.

그 때, 땅이 울렸다. 마치 걷고 있는 것처럼 땅의 진동은 일정하게 반복되었고 점점 진원(震源)은 가까워졌다. 보영은 재빨리 진원에서 먼 방향의 아파트 사이 골목으로 몸을 숨겼다. 그리고 골목 사이로 눈 부분까지만 내밀어 상황을 지켜보았다.

진동은 점점 커지더니, 이윽고 반대편 아파트가 흙먼지를 일으키며 힘없이 무너져 내렸다. 그리고 흙먼지 사이에서는 검은 존재가 꿈틀거리며 기어 나오고 있었다. 이미 양껏 식사를 마친 듯 이빨에는 피가 묻어 흘러내리고 있었고 몸집은 더욱 부풀어있는 것처럼 보였다. 그녀는 숨을 죽이고 그 움직임에 시선을 고정하였다. 다시 그 모습을 보니 다리가 덜덜 떨리고 심장이 멎는 것 같았지만, 여기서 정신을 잃을 순 없었다. 부푼 배를 바닥에 질질 끌며 촉수 혹은 곤충의 다리처럼 생긴 수십 개의 발을 움직이는 그 모습은 지금까지 본 어떤 생물과도 닮지 않았고 기체인지 액체인지 고체인지조차 눈으로 봐서는 감이 잡히지 않았다.

'입에 피나 질질 흘리고, 좀 바싹 구워먹으라니까.'
'바싹 구우면 무슨 맛으로 먹어?'
'그러다 너 탈난다.'

대화를 들어보니 하나가 아니라 둘이 있는 것 같았다. 육안으로 봐서는 저 괴물들은 하나가 있는지 둘이 있는지 셋이 있는지 알 수 없었다.

'이렇게 먹어본 게 얼마만인지.'

'처음 발견했을 땐 내 눈을 의심했다니까.'

'매일 이렇게 먹을 수 있으면 좋을 텐데.'

'그러다 살찐다. 몸에 안 좋다고.'

　수천만, 아니 수억 명의 인간을 학살했을 괴물들 치고는 너무나도 평화롭고 일상적인 대화. 일말의 죄책감도 없고 악의 또한 없는 기묘한 대화. 그녀는 토할 것만 같았다. 위화감이 들면서도 너무나도 익숙한 대화에 정신이 아득해지는 것 같았다. 보영은 자신도 모르게 그 자리에 주저앉았고, 털썩 하는 소리와 함께 괴물들의 시선이 그녀가 있는 곳으로 집중되었다.

　'망했다…'

　그녀는 그 자리에 그대로 굳어 앉아있었다. 그러나 예상과 달리 괴물들은 그녀에게 별 관심이 없는 듯하였다. 마치 배부르게 먹고 난 후 나와서 들판에 돌아다니는 닭을 본 것과도 같은 반응이었다. 그녀는 멀어져가는 검은 괴물들을 바라보며 안심하는 한편 끔찍한 열등감을 느꼈다. 그것은 개인이 아닌 종족 단위로 느끼는 열등감이었다.

　저들에게 납치되어 버린 아훈을 찾을 수 있을지 확신이 서지 않았다. 처음부터 찾을 수 있을 거라고 확신하지는 못했지만, 저들의 대화를 듣고 난 후 찾을 엄두가 나지 않게 되었다.

　"등신."

그녀는 자신의 뺨을 양손으로 아플 정도로 때린 후 일어났다. 이 상황에서 긍정적으로 생각하는 것 자체가 아이러니했지만, 그녀는 아훈을 찾을 수 있을 거라는 희망을 가지기로 하였다. 한창 포식(飽食)이 끝나고 난 지금, 저 괴물들은 배가 불러 그녀를 봐도 손도 안 댈 게 분명하였다. 저들이 다시 배고파지기 전에 저들이 있는 곳으로 가서 아훈을 찾아오는 것이다.

그렇게 생각하며 보영은 자리에서 일어나 다시 발걸음을 옮겼다. 그리고 도중에 자신과 같은 처지의 생존자를 만날 수 있기를 바랐다. 혼자서는 도저히 못 해먹을 일이었으니까.

보영은 대책 없이 텅 빈 거리를 무작정 걷기 시작했다. 해가 완전히 진 것은 아니었지만, 높게 치솟은 건물로 이루어진 숲 안에 있다 보니 해는 자연적 시간보다 더 빨리 빛을 감추었다. 그녀는 통화도 인터넷도 되지 않아 시계나 다름없는 핸드폰을 꺼내 시간을 보았다. 5시 2분이라는 큼지막한 하얀 숫자가 화면에 나타났다. 그녀는 머리만이 간간히 나뒹굴고 있는 거리를 무거운 다리를 이끌고 걸으면서 머릿속으로는 이런 저런 생각에 잠겨 있었다. 겉보기에 평온해보여도 뇌 속에는 생각이 질주하며 한바탕 전쟁을 치르고 있었다.

'그 괴물들은 어디에서 지내고 있을까? 지구를 정복하고 지구에 눌러 앉은 것일까? 아니면 하늘에 있나?'

그녀는 고개를 혼자서 절레절레 흔들며 '하늘'이라는 단어를 '우주'라는 단어로 바꾸었다. 그들은 신(神)이 아니라 외계인이었다. 적어도 그렇게 믿고 싶었다. 그들은 하늘에 거하는 존재가 아니라 우주에서 온 괴물들이었다. 거리를 비추는 햇빛이 사라지자 추위는 순식간에 찾아왔다. 그녀는 벌써 시간이 저녁이 되어버린 것이 야속하였다. 시간이 없었다. 그 괴물들의 시간관념은 알 수 없었지만, 서두르지 않으면 다시 배가 고파진 괴물들은 이번엔 그녀를 놓아주지 않을 터였다. 하지만 이 추위에 옷 한 벌만 가지고 더 나아가는 건 무리였다.

'이상하다. 원래 저녁이 되면 이렇게 추워졌던가.'

보영은 가까운 아무 건물이나 들어갔다. 괴물들이 건드린 건 오로지 인간이었고, 건물들은 거의 멀쩡하였다. 그 존재들은 인류의 문명을 파괴하거나 황폐화하는 데는 일절 관심이 없는 듯했다. 방금 봤던 두 괴물의 행동으로 보아 건물을 부수거나 무너뜨리는 것도 그저 지나다니기 거슬리기 때문인 것 같았다. 확신은 할 수 없었지만 말이다.

아무 집이나 문이 열려있는 집 안으로 조심스럽게 들어갔다. 그들의 포만감 덕분에 목숨을 건진 사람들이 아직 남아있을지도 몰랐다. 다행인지 불행인지 그녀가 들어간 집 안은 텅 비어있었다. 무슨 일인지 전기도 끊기고 수도도 끊겨있었지만, 이불과 냉장고에 먹을 것은 그대로 남아있었다. 전기가 나갔으니 음식들은 머지않아 상하겠지만 아직은 괜찮았다. 그녀는 문을 꼭 닫고 냉장고에서 음식을 꺼내 허겁지겁 먹어치우기 시작했다. 요리할 여유나 기운은 없었으므로 그냥 먹어도 괜찮을 것들만 골라 입에 넣었다. 엉뚱하게도 이 순간 치킨을 적게 먹은 것이 후회되었다. 이 상황에서 그런 초라한 게 후회된다는 것이 한심하게 느껴졌다. 입 안에 무언가를 쑤셔 넣으니, 갑자기 목이 막혔다. 그러나 그것은 음식에 막힌 것이 아니라 다른 의미로 속에서부터 막힌 것이었다. 목이 멨고, 두 빰을 타고 따뜻한 액체가 흘러내리는 것이 느껴졌다. 스스로가 울고 있다는 것을 자각하자, 그녀는 쉴 새 없이 쏟아져 내리는 눈물을 음식을 든 양손으로 닦으면서, 음식을 씹어 삼키면서 꺽꺽 소리를 내고 울기 시작했다. 이 울음이 어떤 감정에서 나온 것인지는 알 수 없었다. 하지만 그녀는 그대로 눈물에 몸을 맡기고, 한동안 계속해서 울었다.

검은 그림자들이 춤을 춘다. 피가 내리고, 잘린 사람들 목에서는 투명한 액체가 흘러나왔다. 그녀는 그것이 눈물이라는 걸 알 수 있었다. 그때 그녀가 붕 떠올랐다. 검은 그림자가 그녀를 움켜잡고 이빨을 벌리고 혀로 핥기 시작했다. 그런 그녀를 다른 곳에서 그녀가 바라보고 있었다. 이내 자신의 목이 날카로운 날에 썰리자, 피가 분수같이 솟구쳤다.

눈을 뜬다. 울다가 모르는 사이에 잠들어버린 듯하였다. 보영은 먹다 남은 음식이 널브러져있는 눈앞의 광경을 바라본다. 기분 나쁜 꿈을 꾼 것 같았지만, 머리가 지끈지끈 아픈 게, 기억도 잘 나지 않았다. 약간 열이 있는 듯 눈꺼풀도 무겁고 피부가 몇 배로 예민해진 것 같은 느낌이 들었다.

'아프면 안 되는데.'

그녀는 자리에서 일어나 앉았다. 몸살 기운이 있는 것 같았다. 낯선 집의 깨진 베란다 창문을 바라보았다. 조용하다. 새 지저귀는 소리만이 귀에 들려왔다. 마치 어제 아무 일도 없었던 것처럼, 너무나도 평화롭게 세상은 흘러가고 있었다. 눈이 부은 것 같았다. 배는 고프지 않았다.

차라리 날씨가 나쁘고 천둥 번개라도 양껏 내리쳤더라면. 새들은 노래를 부르지 말고 비명을 질렀더라면. 그랬다면 어제의 일이 꿈은 아니었을까 하는 헛된 희망은 가지지 않는 것이었는데.

그렇게 생각하며 초콜릿을 주머니에 쑤셔 넣은 후 밖으로 나왔다. 음식은 지나다니며 아무 집이나 들어가 필요할 때마다 보충하면 될 것 같았다. 문제는 그녀의 배고픔이 아니었다. 그 괴물들이 배고픈가 아닌가가 문제였다. 하루가 지나버렸다. 과연 그들은 다시 주린 배를 채우기 위해 이곳에 올 것인가?

보영은 기둥에 기댄 채 곰곰이 생각했다.

'괴물들이 굶주리지 않은 것도 중요하지만, 지금 이 상태론 그들의 본거지가 어디 있는지도 모르고, 아훈이 있는 곳으로 찾아갈 수도 없다. 만약 괴물들이 굶주려 다시 인간을 사냥한다면, 사냥하고 돌아가는 괴물들을 쫓아가서 아훈이 어디 있는지 찾아낼 수도 있지 않을까?'

하지만 이내 그것이 무모한 생각이라고 판단을 내렸다. 달리 뾰족한 방법이 있는 건 아니었지만, 그건 최악의 방법이었다.

혹시나 굶주린 괴물들이 다시 나타나지 않을까 주위를 경계하듯 살피며 조심스럽게 앞으로 나아갔다. 횅한 거리 한가운데가 아닌, 아파트 사이의 좁은 골목길들을 통해 나아갔다. 어디에 있는지는 모르겠지만, 큰 대로를 걸어 나가는 건 자살행위나 다름없었다. 하지만 도로를 점령한 비둘기를 제외하고는 다른 움직임은 보이지 않았다. 그 괴물들은 민첩하지도 조심성 있지도 않았다. 아니, 조심하려는 의지가 없는 것 같았다. 닭장 안을 지나다니는 사람처럼 말이다. 만약 온다면 눈치 못 챌 이유는 전혀 없었다.

썩어가는 사람 머리를 쪼고 있는 비둘기들 사이를 헤치고 나가 건물 그림자와 골목 사이를 이리저리 옮겨갔지만, 다른 사람의 흔적은 보이지 않았다. 이 일대의 사람은 모두 사라져버린 것만 같았다. 아니면 건물 안에서 밖으로 나오지 않고 침묵을 지킨 채 숨어있는 걸지도 몰랐다. 하나 분명한 건, 살아있는 사람보다 죽은 사람, 죽었는지 살았는지 알 수 없는 사람 쪽이 더 많다는 것이었다.

시간이 지날수록 바닥에 흩어져있는 사람들의 머리가 조금씩 다르게 보이기 시작했다. 처음에는 살아있던 사람들의 목이 절단되어 따로 돌아다니고 있다는 것에 더없는 충격과 끔찍함을 느꼈다. 하지만 지금은 아니었다. 그것들이 전에는 사람의 일부였다는 것, 살아있었다는 것이 실감나지 않게 되었다. 그것에 달린 입이 생전에 움직였고, 눈동자는 투명하게 빛나며 이곳저곳을 바라보았다는 것이 도저히 상상이 가지 않기 시작했다. 죽은 자들의 머리가 사람의 일부가 아니라 모양이 갖추어진 딱딱한 덩어리로밖에 보이지 않게 되었다. 시간이 더 지나자, 발에 채여도 밟혀도 비둘기가 살점을 뜯어먹고 있어도 아무렇지 않게 되었다. 그녀는 자신이 왜 이런 변화를 겪게 되었는지 곰곰이 생각해보았다. 그리고 하나의 가설을 세웠다. 그녀 이외의 살아있는 사람을 그 사태 이후로 한 번도 보지 못하였다. 살아있는 사람이 어떻게 움직이는지, 어떤 표정을 짓고 어떻게 말했는지 벌써부터 기억이 흐릿해지고 있었던 것이었다.
"아…"
그녀는 목소리를 내보고 소스라치게 놀랐다. 자신이 입을 열어 말을 한 것도 그 이후로 한번도 없었다. 자신의 목소리가 낯설게 느껴졌다.

'사람을 만나질 못하니 말을 할 기회가 없구나.'

사람을 안 만난지 일주일도 되지 않았는데, 자신에게 일어난 급격한 변화에 보영은 당황하지 않을 수 없었다. 그리고 이 상태로 아무와도 만나지 못하고 시간이 더 흐른다면 자신이 어떻게 될지 덜컥 겁이 났다. 외로움과 절망감에 제정신을 유지하지 못하고 죽은 머리를 나뭇가지에 끼워 넣고 말을 걸며 지내게 되지는 않을까, 그러다가 생존자들에게 소름끼치는 괴물로 오해받아 맞아 죽지는 않을까, 광기에 잠식된 스스로에 대한 망상이 꼬리에 꼬리를 물고 이어졌다. 그러다가 보다 끔찍한 가능성이 떠오르고 말았다.

만약 사람이라면, 버려진 것 같은 야생의 닭장을 본다면, 어떻게 할 것인가? 닭 몇 마리만을 잡아먹고 미래를 위해 둘 것인가, 아니면 다 털어버리고 떠나버릴 것인가?

'만약 저 괴물들이 여기에 정착하지 않고 들르는 길에 먹어치운 거라면…'

그렇다면 지구상에 남아있는 생존자의 수는 절망스러울 정도로 적어지게 된다. 어느 쪽이 맞는지 확신할 수 없는 상황이지만, 비둘기의 날개소리 외에는 아무것도 들리지 않는 고요함은 그녀에게 자꾸만 최악의 상황의 가능성을 암시하였다. 그리고 그 가능성이 맞는다면, 그녀가 아훈을 찾을 확률은 없는 것이다. 이미 괴물들은 지구를 떠나 우주를 횡단하고 있을 것이고, 우주 왕복선과는 조금의 인연도 없는 그녀가 그들을 따라갈 수 있는 수단은 없는 셈이었다.

하늘이 구름에 가려져 어두워지고, 빗방울이 떨어지기 시작했다. 대학살이 일어났지만, 자연은 아무 일도 없었다는 듯 순리대로 돌아가고 있었다. 건물 아래에서 비를 피하며 보영은 하늘을 올려다보았다.

'저것 봐. 총에서 떨어져나온 탄피처럼 아무 목적도 없이 돌아다니고 있어.'

'죽지 못해 사는 거지.'

'아훈을 찾겠다는 것도 그걸 숨기려고 일부러 살아야 하는 이유를 억지로 만든 거 아냐?'

'어떻게 해야 할지도 모르잖아.'

'그거야 불가능하니까 어떻게 할 줄을 모르는 거지.'

비둘기들이 발걸음을 옮기는 보영을 바라보며 그렇게 말하고 있었다. 고개를 갸웃거리며, 고개를 까딱거리며, 때로는 목에서 나오는 기묘한 연구개음 비슷한 소리를 내며 비둘기들은 그녀를 조롱하고 있었다. 빤히 쳐다보는 수십 개의 붉은 기를 띠는 동그란 눈들이 보영의 온 몸을 둘러싸고 있었다.

"닥쳐! 비둘기 주제에 뭘 알아!"

비둘기 무리를 향해 달려들며 갈라진 목소리로 외쳤다. 하지만 비둘기들은 뒤로 살짝 물러나며 자기들끼리 고개를 갸웃거리며 마주볼 뿐, 예전처럼 하늘을 향해 부리나케 날아가 도망치지 않았다. 인간을 먹은 비둘기들은 더는 인간을 두려워하지 않는 것 같았다. 그 사실을 깨닫자 보영은 비둘기들이 자신을 쳐다보는 눈빛이 다르게 느껴졌다. 핏빛 도는 그 동그란 눈들은 이렇게 말하고 있었다.

'저것 봐. 썩은 고기가 아니라 걸어 다니는 신선한 고기야.'

'죽지 못해 살아있는 고기지.'

'목표는 이루지도 못할 텐데 거리에서 죽으면 썩기 전에 먹어버리자.'

'그냥 지금 뜯어먹어 버리면 안 될까?'

인간의 피와 살은 타락을 불러일으키는 것만 같았다. 인간의 맛을 본 동물들은 하나 같이 그 맛을 잊지 못하여 계속해서 인육을 얻기 위해 민가(현대로 치면 도시)로 오게 된다는 이야기를 들은 적 있었다. 사실인지는 모르겠지만, 어쨌든 인간을 계속 먹으며 인간을 위협하면 인간에게 종 단위로 죽임을 당할 걸 알면서도, 민가 혹은 도시로 내려오면 사냥당할 걸 알면서도 끊지 못하고 인육을 탐하는 것이다. 인간의 몸 그 자체가 선악과가 아닐까 하는 불경스러운 생각에까지 미치자, 보영은 그

롯된 식탐에 길들여진 비둘기의 눈빛에 그대로 노출된 채 대로
에 서 있을 수가 없었다. 인류를 게걸스럽게 먹어치운 그 괴물
들과 비둘기가 다를 바 없는 것처럼 느껴졌다. 인간은 더 이상
최상위 포식자가 아니었다. 땅의 일부를 이루며 수많은 박테리
아와 작은 생명체들을 먹여 살리고 미래 식물의 자양분이 될
칼로리 덩어리였다. 그리고 그 흐름을 거역하고 있는 건 보영
혼자(아마도)뿐이었다.

거칠게 닫히는 문. 그 움직임 속에는 공포와 메스꺼움이 담
겨있었다. 보영은 덜덜 떨리는 두 손을 겨우 들어 자신의 얼굴
을 감쌌다. 눈을 질끈 감아도 그녀의 몸을 노리는 것 같은 비둘
기들의 음흉한 눈빛들이 계속해서 눈앞에 아른거렸다.

비둘기. 비달기. 비(非)닭이. 닭이 아닌 것.

어원을 이용한 말장난에 불과했지만 상황의 비유가 기묘하
게 맞아떨어졌다.

공포와 불안 속에서 허우적대던 몸이 살겠다고 그녀에게 아
우성쳤다. 배고픔이었다. 챙겨두었던 초코바를 하나 꺼내 입안
에 밀어 넣었다.

'이런 와중에 식욕이라는 걸 느끼다니.'

정신과 따로 노는 것 같은 신체의 반응이 새삼 낯설게 느껴
졌다. 단맛이 혀 전체에 퍼져 그녀의 뇌를 자극하였다. 조금은

마음이 진정되고, 심지어는 조금 좋아지는 걸 느꼈다. 겨우 단맛 때문에 이런 상황에서 기분이 좋아진 것이었다.

'도대체 내가 동물과 다른 게 뭐지…'

남은 초코바를 마저 입에 꾸역꾸역 밀어 넣으며 생각에 잠겼다. 입 안 가득 단맛이 채워지고, 이제는 웃음이 지어질 수도 있을 것 같았다. 그러나 그러한 몸의 반응은 그녀를 더욱 비참하게 할 뿐이었다. 그녀는 태어나서 처음으로 비참한 마음으로 웃어보았다.

초코바를 싸고 있었던 포장지에서 초콜릿 냄새가 남아있었다. 거기에 코를 갖다 대고 숨을 한껏 들이켰다. 초코바를 직접 먹을 때와는 다른 〈기분 좋음〉이 그녀를 감쌌다. 초콜릿의 냄새를 맡는 동안 그녀의 마음은 완전히 진정되었으며, 지금까지 무슨 일이 있었는지 자신이 처한 상황이 무엇인지 완전히 잊게 되었다. 보영은 멈추지 않고 초콜릿 냄새를 계속해서 맡았다. 아무 생각도 들지 않았다. 얼마 만에 느끼는 기분 좋음인지 그만두기가 싫어졌다. 이런 기분을 아주 오랫동안 잊고 지냈던 것 같았다. 다른 사람과의 만남을 통해 얻을 수 있었던 기분 좋음, 그 대신이었다.

생각이 거기까지 미치자, 그녀는 화들짝 놀라 그 포장지를 코에서 떼 바닥에 던져버렸다. 아주 잠시 동안이었지만 마치 초콜릿 냄새가 마약과 같다는 생각이 들었다. 괴로움에 지쳐있

는데다 타인과 완전히 단절된 그녀를 지극히 원시적이고 원초
적인 쾌락이 사로잡았고, 그녀는 그것에 조금씩 중독되어 갔던
것이었다.

말도 안 되는 이야기 같았지만, 중독은 물질 그 자체에서 오
는 것이 아니라 환경이 만들어내는 걸지도 모르겠다는 생각이
언뜻 스쳐지나갔다.

물컹한 것이 찔리는 기분 나쁜 소리가 날짐승의 비명소리와
함께 연속적으로 울려 퍼지고 날개가 푸드득거리는 소리가 일
제히 퍼져나갔다. 보영의 손에는 과도가 들려있었고, 그녀 앞에
는 비둘기 한 마리가 붉은 색으로 깃털이 물든 채 꿈틀거리며
바닥에 배를 하늘로 향하고 누워있었다. 인간을 보아도 도망치
지 않고 쫓아다니던 비둘기는 작고 예리한 날(刃)이 자신의 배
를 파고들어 속을 헤집고 나갈 때까지 도망칠 생각을 하지 못
하였다. 상황 파악을 하지 못하고 옆에 멀뚱히 서 있던 비둘기
한마리가 두 번째 희생자가 되었고, 두 희생물로 인해 주변 비
둘기들은 다시 슬금슬금 사람을 두려워하기 시작하는 것 같았
다. 혹은 단순히 위험하다고 판단한 걸지도 모른다.

"너희한텐 절대 안 잡아먹힐 거야."

붉게 번뜩이는 과도를 한손에 들고 돌아다니며 보영이 중얼
거렸다.

"어디 한번 다시 비웃어봐. 어디 한번 다시 놀려보라고!"

과도로 비둘기를 겨냥하며 보영이 소리쳤지만, 비둘기들은 더 이상 말하지 않았다. 두 형제가 흘린 피가 땅에 흩뿌려지자 말 못하는 짐승으로 돌아간 것이었다.

"멍청한 비둘기들."

비둘기가 방심한 틈을 타 세 번째 비둘기를 손으로 재빠르게 잡아 목을 움켜쥔 상태에서 배에 다시 칼을 찔러 넣었다. 세 번째 피가 땅에 흩뿌려지자, 비둘기들은 평범한 새로 돌아가 보영 주위를 피해 저 멀리 날아가 버렸다.

비둘기들이 예전의 모습으로 돌아가 겁먹은 채로 전봇대 위 전선줄이나 지붕 위에서 정처 없이 돌아다니고 있었다. 그 모습을 본 보영은 자신이 죽인 세 마리의 비둘기를 흙바닥에 묻어준 후 정 가운데 무덤 위에 손가락으로 십자가를 그어주었다. 비둘기들의 넋을 위로하려고 한 행동이었지만, 문득 종교에 대한 허무감과 슬픔이 가슴 속 깊이 몰려왔다.

"신이시여, 어찌하여 저희를 버리셨습니까?"

그녀의 머릿속에 다시 그 외계에서 온 거대한 그림자들이 그려졌다. 지금까지의 상황을 본다면, 신이란 건 없고 인간은 광활한 우주 속에서 매우 작은 확률을 뚫고 생겨난 수많은 생명체 중 하나이며, 우주는 또 다른 약육강식의 법칙이 지배하는

밀림에 불과한 것만 같았다. 그렇게 생각하니 그녀 자신이 믿고 있던 신앙과 그 외의 다른 가치들이 모두 보잘것 없고 무의미한 것처럼 느껴졌다. 개미들이 평생을 거쳐 만든 거처가 사람에게 한번 잘못 채이면 전부 부서져버리는 것처럼 말이다. 개미들이 뭘 믿고 뭘 가치 있게 여겼었는지는 발 헛디딘 지각한 직장인에게 아무래도 좋은 문제였다.

　다른 사람과 만나지 못하고 혼자서만 지내다보니 생각이 점점 많아졌다. 비둘기도 없는 텅 빈 길가에서, 조그마한 무덤 세 개 앞에서 그녀는 자신이 만들어낸 수많은 생각들에 갇힌 채 얼굴을 양팔 사이에 파묻고 흐느껴 울었다.

　문득 정신을 차려보니 주변의 회백색이었던 건물들이 온통 불타오르는 듯한 붉은색을 띠고 있었다. 그녀는 화들짝 놀라 그 자리에서 튕겨 나오듯 일어서서 주위를 둘러보았다. 잠과 깨어있음 중간에서 헤매고 있다가, 갑작스럽게 눈을 비집고 들어오는 붉은 빛에 그녀는 눈을 반쯤 억지로 뜨며 사태파악을 하려고 노력하였다. 정신이 여전히 잠에서 완전히 헤어 나오지 못 하고 헤매고 있었다. 시야가 살짝 일렁이고 건물들이 붉은 빛과 함께 흔들리며 춤을 추는 것만 같았다. 두 손으로 두 눈이 아플 정도로 세게 비벼댄 후 다시 눈을 떠 주변을 살펴보았다. 건물들은 아무 문제없었다. 저물어가는 해에서 나온 빛이 두꺼운 대기층을 뚫고 산란되며 붉은 빛이 건물에 반사되어 눈에 들어온 것뿐이었다. 겨우 노을 하나로 놀라고 허둥대는 자신을 보며 보영은 스스로의 정신이 많이 황폐해졌다고 생각하였다. 긴장이 풀리면서 다리에 힘이 쭉 풀렸다. 근육이 녹아내리는 것 같았다. 눈앞에 놓인 조그마한 무덤 세 개. 비둘기에게 정말로 지성이 있는 건지 의심스러웠지만 이를 계기로 거리는 정말 텅 빈 거리가 되었다. 비둘기들은 더 이상 그녀에게 다가오지 않았다.

바닥에 아무것도 없는 을씨년스러운 거리 한가운데서 그냥 주저앉아 무덤 세 개를 가만히 바라보았다.

닭들의 왕국이 있었다. 고립된 양계장 속에 세워진 이질적인 문명 속에서, 닭들은 지성을 가지게 되었고 조촐하지만 사회를 일구어나갔다. 하지만 전쟁 때문에 숲 속을 헤매던 배고픈 인간들에게 그것이 보일 리 없었다. 소박하게 돌아가는 나무 톱니바퀴들과 제단들을 닭들이 만들었을 거라고 생각하지 못할 상상력 부족한 인간들은 닭들을 오로지 오래된 식량으로만 바라보았고, 그 양계장이 버려지고 주인이 아무도 없다는 걸 확인한 그들은 닭들을 닥치는 대로 잡아 요리해 먹었다.

오로지 한 마리의 닭만이 넓디넓은 양계장에서 살아남았다. 하지만 인간들은 별로 신경 쓰지 않았다. 그들은 배가 불렀고, 전쟁 때문에 바빴다. 그들은 닭에게 아무것도 설명해주지 않은 채 그곳을 떠났다. 홀로 동료들의 깃털과 시체더미 사이에 남게 된 닭은 이상행동을 보이기 시작했다. 인간들은 그것을 과도한 스트레스로 인한 동물의 이상행동이라는 단순한 용어로 설명하였다. 닭이 무슨 생각을 하고, 어떤 슬픔에 잠겼는지는 중요하지 않았다. 인간에게 닭의 감정에 공감하는 능력은 없었다. 학문적으로 보일 뿐이었다. 초조해하고, 같은 자리를 맴돌고, 나가려고 하지 않고, 자해하고, 시체를 쪼아 먹는 모든 행위들은 그저 과도한 스트레스로 인한 이상행동일 뿐이었다.

다시 정신이 돌아온 보영은 엉덩방아를 찧으며 뒤로 넘어졌다. 손에 흙이 잔뜩 묻어 있었다. 앞에는 파헤쳐진 조그마한 무덤 세 개와 삐죽 나온 비둘기의 시체가 있었다.

'방금 전까지 뭘 하고 있던 거지?'

그녀는 스스로가 걱정되기 시작했다. 정신줄을 잡지 못하고 그대로 절망과 광기에 온 정신을 맡겨 버릴까봐 공포스러웠다. 자신의 이성이 아직 죽지 않았다는 증거가 절박했던 그녀는 방금 전까지 뭘 했는지 기억해내려고 하였다. 그대로 망각에 두어버리면, 그 기억을 먹고 자라나는 광기가 언제 다시 튀어나와 멋대로 행동할지 모르겠다는 두려움 때문이었다. 하지만 그 기억은 오히려 자신의 비정상성을 확인하는 길밖에 되지 않았다.

'아훈, 아훈, 거기에 묻혀있는 거야?'

아훈을 찾으며 비둘기의 무덤을 미친 듯이 파던 자신의 모습이 희미하게 떠올랐다. 금방 전까지 비둘기의 무덤이라는 걸 인지하고 있었음에도 불구하고 마치 발작이라도 일으키듯이 그것을 아훈의 무덤이라 착각하고 무덤을 파내고 있었던 것이다.

살아있는 사람을 만나지 못하는 상황이 지속되어 스스로의 정신에도 이상이 생기고 있다는 걸 인정하지 않을 수 없었다. 그저 방에 틀어박혀 고립되는 것이랑은 달랐다. 그때 뇌는 무의식 속에서 바깥에 아직 사람들이 있고 언제든지 밖에 나가 만날 수 있다는 걸 알고 있는 것 같았다. 하지만 지금은 너무나도 똑똑히 알고 있었다. 사람들은 모두 죽었다. 정말로 아무도 없고, 더 이상 아무도 만날 수 없다는 것이다. 그 현실이 강제적으로 주어지고, 그걸 인정하지 않을 수 없게 되자, 정신은 무너져 내리기 시작하였다.

사람이 다른 사람을 만나지 못하면 무슨 일이 벌어지는지 아무도 알 수 없었을 것이다. 그러나 그녀는 그걸 알아낼 최초의 사람이자 마지막 사람이 되었다.

목적의식이 흐려지기 시작했다. 어째서 게임이나 소설, 만화에서 절망적인 상황에서 주인공이 꼭 동료를 모아 목적을 이루려는 건지 알 것 같다는 생각을 하였다. 자신이 무엇 때문에 여기까지 왔는지 까먹기 일쑤였다. 끊임없이 아훈을 구하기 위해서, 그 그림자 괴물들을 찾아내서 사람들을 다시 보기 위해서라고 스스로에게 몇 번이고 상기시키고 있지만, 그건 희망이아니라 꿈에 불과하였다. 그녀 혼자서 우주로 날아갈 방법은없었고, 굶주려 사람들을 폭식한 괴물들의 대화도 듣지 않았는가? 사람들이 살아남았을 확률은 0에 가까웠다. 불가능한 상황속에서 뇌는 그 고통에서 자신을 보호하려는 듯이 계속해서 이루어지지 못할 목적을 잊으려고 하였다.

'내가 왜 여기 있지?'

그 질문을 하루에도 수십 번을 하였다. 생명을 유지하고 몸을 보호하는 것이 생명체의 본능이자 뇌의 본능일 텐데, 뇌는계속해서 스스로를 자살로 몰고 가고 있었다. 생존해 봤자 후손을 남길 수 없다는 걸 독자적으로 알기라도 하는 것일까?

시간관념이 없어지기 시작했다. 시간이 얼마나 지났는지 세어보려고 했지만, 잊어버리고 만 것이다. 엄청 오래된 것 같지만, 사실은 이틀 정도밖에 안 된 건 아닐까 하는 현실감 없는 두려움이 온 몸을 휘감았다. 잠을 몇 번 잤는지도 알 수 없었다. 하루에 몇 번을 먹는지도 알 수 없었다.

이야기할 상대가 없다 보니, 아무것도 기억할 수 없게 되었다. 심지어 자기 이름마저 낯설게 느껴지기 시작했다. 한때 인터넷에서 유행하던 '게슈탈트 붕괴 현상'이라는 도시괴담 마냥, 자신의 이름을 소리 내어 말해보니 굉장히 낯설게 느껴졌다.

마치 그게 자기 이름이 아니라, 착각해서 잘못 기억하고 있는 것처럼 말이다.

'보영? 원래 내 이름이 이랬나?'

그녀는 몇 번이고 자신의 이름을 입 밖으로 내뱉었다. 하지만 반복하면 반복할수록 확신은 없어졌다.

'사실 보영이 아니라 보아거나 보윤 아니었을까?'

그러나 어느 쪽도 확신이 없었다. 본래 목적은 잊어 버린지 오래였다. 그녀는 자신의 이름이 무엇인지 고심했고, 그 문제로 이틀을 지냈다.

멍한 상태로 가만히 있는 시간이 늘어났다. 몽유병과 비슷하지만 그것과는 다른 행동을 자신이 하고 있다는 걸 깨닫기 시작했다. 단순히 멍한 것이 아니라, 멍한 동안 자신은 계속 무언가를 하고 있는 것 같았다. 지금 그녀 눈앞에는 얼굴이 하나 있었다. 썩어가기 시작하는, 조잡하게 만든 가면과 더 이상 구별이 안 가는 사람의 머리 말이다. 그게 굵은 나뭇가지에 꽂힌 채로 바닥에 박혀있었고, 균형을 잡기 위해 그 뒤에 조금 덜 굵은 나뭇가지가 뒤로 쓰러지려는 머리를 지탱해주고 있었다. 남성의 머리였다. 그 머리가 그녀를 바라보고 있었다. 아무도 없는 거리에서 두 머리는 서로를 마주보았다.

소름이 끼쳤다. 그 얼굴이 소름 끼친 것이 아니라 자신이 한 행동에 알 수 없는 혐오감이 들었다. 그러나 그런 감정과 별개로 그 얼굴을 바라보고 있는 자신의 눈에서는 눈물이 흘러나왔다. 심장박동이 빨라지고 폐가 부풀어 오르고 꺼지는 간격이 줄어들었다. 그녀는 숨을 가쁘게 몰아쉬기 시작했고 찢어질 듯한 감정과 함께 눈물을 펑펑 흘렸다. 소리는 나오지 않았다. 소리를 지를 만큼의 기운은 남아있지 않았다. 숨을 죽이고 서로 다른 곳을 바라보는 빛바랜 눈동자를 가진 죽은 머리 앞에서 그녀는 가슴을 치며 울었다. 비둘기들은 다가오지 않았다. 비둘기들은 그녀를 피해 다른 모든 도시로 떠났다. 살아있는 사람이 없는 모든 도시로 말이다.

"네 이름은 이히야, 이히."

텅 비어 아무것도 없는 거리에서 그녀와 죽은 머리가 이야기를 나누고 있었다.

"이히, 여기서 무슨 일이 일어났는지 알아?"

머리가 고개를 가로저었다.

"모르는 게 좋을지도 몰라. 하지만 말하는 게 좋을지도 모르겠다."

머리가 고개를 끄덕였다.

"그건 모르는 게 좋다는 것에 대한 긍정이야, 아니면 말하라는 거야?"

머리는 아무 대답도 하지 않았다.

"아주 먼 옛날에, 내가 태어나기도 전에 우리를 만든 신(神)이 다시 찾아왔대."

머리는 아무 말도 하지 않고 듣고 있었다.

"우리는 우리의 창조주 앞에서 엎드려 숭배했지. 그리고 우리는 신에게 다가가서 물었어. 아주 오래전부터 우리가 궁금해했던 질문을. 우리가 어디서 왔고 우리가 어디로 가는지, 그 모든 것을 알 수 있는 하나의 물음. 그게 뭔지 알아, 이히?"

머리는 침묵하였다.

"대답하기 싫구나? 알았어, 말해줄게. 그건 말이지, 왜 우리를 만들었냐는 거야. 왜 만들었을까, 우리를? 그 질문에 모두가 숨죽이고 기다리고 있는데 신이 뭐라고 말했는지 알아?"

머리는 고개를 가로저었다.

"우릴 먹으려고 만들었대. 사실 만든 것도 아니고 심은 거였대. 씨를 뿌리고, 거기서 싹이 나고, 농작물이 다 익으면 거두듯이, 그 날 다 자란 인간들을 전부 거둬들이려고 온 거였대."

그녀는 헛웃음을 흘렸다.

"신이 아니라 그냥 외계인이었던 거야."

머리는 그녀가 멍한 눈으로 헛웃음 짓는 걸 가만히 지켜볼 뿐이었다.

"근데 그렇다면 우리를 만든 신은 어딨을까? 우리가 이렇게 먹히게 됐다면 없는 걸까? 사실 신은 그 괴물들을 가장 사랑하여 세상을 만든 걸까?"

삐그덕 소리가 들리며 머리가 한쪽으로 기울어졌다. 그녀는 근처 나뭇가지 하나를 주워 무너져 내리려는 머리를 다시 지탱하였다.

"그날로 그 괴물들이 사람들을 전부 데려가서 숨겨버렸지. 그래서 남은 게 너랑 나야. 난 괴물들이 숨긴 사람들을 다시 찾을 거야. 그 괴물들이 내 가장 소중한 사람도 데려갔거든."

그녀는 자리에서 일어났다. 그리고 머리에게 너도 같이 가야 한다는 듯이 눈짓을 보냈다. 그러나 머리는 움직일 수 없었다. 묻고 싶은 게 생겼기 때문이었다. 머리는 떠나려는 그녀에게 질문을 던졌고, 머리의 질문에 당황한 듯 그녀는 입을 꼭 다물어버렸다. 저번처럼 다리에 힘이 풀려 주저앉지는 않았다. 다만 가장 피하고 싶었던 때가 오자 주체할 수 없는 두려움에 몸이 떨리고 있었다. 사실은 무의식 속에서 알고 있었던 것이었다. 과연 여기서 머리의 역할을 하고 있는 그녀의 무의식은 그녀를 자살로 몰고 가게 하려는 걸까, 살아남게 하려는 걸까? 머리는 그녀와 같은 색깔의 눈동자로 그녀를 바라보고 있었다. 움직이지 않는 입 속에서, 더 이상 성대가 없는 그 목 안에서 목소리가 들려왔다.

"그래서 그게 누구냐고?"

"너구나."

간신히 내뱉은 말은 그것이었다.

"내가 멍 때리는 동안 행동했던 게 바로 너였구나."

머리가 비웃듯이 입에서 파리를 뱉어냈다. 파리는 거슬리는 날개소리를 내며 공중을 돌아다니다가 허공으로 사라져버렸다.

"그럴 수도 있고, 아닐 수도 있고."

"내 목표를 기억에서 지우던 것도 너고?"

"아니, 그건 너였어."

"거짓말. 나한테 왜 이러는 건데?"

"그걸 나한테 물으면 안 되지."

제3자가 듣기엔 영문 모를 소리, 하지만 그녀는 머리가 말하고 있는 바를 아주 잘 이해할 수 있었다.

"넌 어느 쪽이지?"

"글쎄, 잘 살펴봐."

"날 살리려는 거야, 죽이려는 거야?"

"잘 살펴보라니까."

머리가 조금 신경질적으로 대답하였다. 하지만 그건 그녀가 조금씩 신경질이 나기 시작했기 때문일 것이다. 흥분을 가라앉히자 머리도 목소리에서 흥분을 조금씩 가라앉혔다.

"지금 네 정신은 커다란 하수구 같아. 너무 오랫동안 오물이 배수되지 않고 고여 있거든."

머리가 낮은 목소리로 그녀에게 말하였다.

"네가 버려야하는 너의 일부가 고이고 모여서 결국은 너를 만들어낸 거야. 이렇게 말하면 내가 어느 쪽인지 조금 알 수 있을지 모르겠네."

머리가 살짝 조롱 섞인 어투로 말하였지만, 그녀는 잠자코 듣고 있었다. 자신의 정신이 불가역적으로 무너져 내릴지 아니면 조금 더 버틸 수 있을지 분수령이 되는 지점이었기 때문이었다.

"하지만 한 몸에 두 정신이 있을 순 없잖아. 번갈아 나타나는 것도 한계가 있고, 그래서 분신이 필요했어. 네가 나를 투영할 만한 대상. 날 배수해낸 거지. 버리는 건 아니고 다른 비어있는 하수구에."

"그게 그 머리야?"

머리가 끄덕였다. 그녀는 스스로에게 정말로 자신이 지금 미친 게 아닐까 자문(自問)하였다. 만약 이곳에 다른 사람이 있어서 자기 자신을 보았다면 어떻게 생각했을까? 최대한 이성적이고 합리적이 되려고 노력해보았다. 하지만 객관적으로 사태를 바라보려는 그녀의 시도는 실패로 돌아가는 것 같았다. 객관적으로 보기 위해선 타인이 필요한데, 이곳에 타인은 더 이상 존재하지 않기 때문이었다.

"그럼 널 여기에 버리고 가면 되겠네. 그러면 너랑은 영원히 끝이고, 난 온전히 떠날 수 있을 테니."

"글쎄, 내가 이 머리를 괜히 고른 건 아니거든."

"웃기지마."

"피하고 싶어 하는 문제에 가까이 오니 신경질적이 되네. 입 닥치고 본론으로 돌아가자고."

그녀는 다시 감정을 가라앉히기 위해 노력할 수밖에 없었다. 매우 성가신 문제였다.

"날 떠나려는 걸 보니 내가 누군지 알아차린 것 같은데, 그럼 네가 누군지도 알 것 아냐? 단순히 배수한다고 분리되는 건 아냐. 둘 다 배수될 수도 있거든. 한쪽은 원래 하수구에 있어야지."

"그니까 날 여기에 붙들어 매기 위해 그 머리를 선택했다?"

"자, 다시 처음 질문으로 돌아가 보자."

머리가 말했다. 그녀는 귀를 틀어막았다. 다시 그 질문을 듣고 싶지 않았다. 하지만 머리의 목소리는 물리적인 목소리가 아니었다. 그것은 그녀의 손을 뚫고 들어와 고막을 건드리지도 않았다. 그녀의 내부에서 그녀 스스로에게 묻는 질문이었다.

"지금 누굴 구하러 가는 거야?"

"누구라니, 알잖아."

"누구냐니까, 날 똑바로 보고 말해봐."

그녀는 두 눈을 질끈 감으려 했다. 그러나 감기 전에 무심코 그녀의 시야에 머리가 눈에 들어왔고, 결국 그녀의 뇌는 인정하지 않을 수 없는 사태에 몰리게 되었다.

"너야…"

그 대답에 머리가 다소 불만족스럽다는 듯이 고개를 갸웃거리며 말을 덧붙였다.

"아니, 내가 아니라… 이 머리의 주인이지."

"알아… 안다고!!!"

주저앉아버리는 다리, 그렇게 머리와 눈높이가 같아졌다. 무의식은 처음부터 알고 있었다. 하지만 뇌가 끊임없이 그 정보를 차단하였다. 자기방어였다.

"지금도 네 뇌는 자기방어를 위해 정보를 차단하고 있어. 주위를 봐. 여기가 정말 텅 빈 거리야?"

그녀는 고개를 들어 주위를 둘러보았다. 그녀가 몇 번이고 텅 비어서 아무것도 없다고 여긴 거리. 그러나 사실은 그렇지 않았다. 그곳은 아무것도 없는 게 아니었다. 그곳엔 먹히다 남은 잔해들, 사람들의 시체들, 굴러다니는 머리가 즐비하며 시체 썩는 내로 가득하고 피비린내 나는 곳이었다. 언제부터 그것들을 없다고 취급한 것일까? 언제부터 이 거리를 아무것도 없는 텅 빈 거리라고 여긴 것일까? 여기가 정말 깨끗하게 텅 빈 거리였다면 비둘기는 왜 있었을까? 여기에 아무것도 없었더라면

이 머리는 도대체 어디서 나온 것일까?

그제야 그녀는 다시 기억해냈다. 아훈을 구하기 위해 길을 거닐던 중, 그녀는 이 시체더미 속에서 아훈의 머리를 보았다. 지금 그녀에게 말을 걸고 있는 머리의 주인, 그걸 본 그녀는 현실에서 도망쳤다. 그때부터 이곳은 텅 빈 거리가 되었다. 아무것도 없고 간사한 비둘기로 꽉 찬 거리.

하늘이 찢어질 것만 같은 비명이 거리를 메웠다. 자신의 머리를 두 손으로 부서질 것처럼 꽉 잡은 채, 피를 토할 것 같이 비명을 질렀다. 그녀는 머리에 투영된 게 무엇인지 알고 있었다. 그런데도 그것이 시키는 대로 했었다.

처음부터 알고 있었다. 아훈은 이미 죽었고, 괴물들은 사람들을 데려가지 않고 이곳에서 전부 학살하고 먹어치우고 끝냈다는 것을. 애초에 괴물을 쫓아갈 필요가 없었던 것이다. 외부로부터 오는 자극으로 인해 정신이 무너지려하자 뇌는 필사적으로 모든 걸 막아 세웠다. 그 결과는 처참했다. 지금 여기서 자기파괴라는 결과로 이어진 것이었다.

비둘기의 배를 찔렀던 날붙이를 다시 손에 쥐었다. 핏자국이 군데군데 남아 굳어있는 날 표면에 그녀의 얼굴이 비쳤다. 그렇게 보니 눈에서 흐른 눈물이 피눈물처럼 보였다.

그리고 비둘기를 찔렀을 때처럼 그녀는 스스로의 목숨을 그 과도로 끊었다. 그것이 선택 가능한 유일한 주체적인 행동이었다. 온 몸에 힘이 탁 풀리고 시공간의 만곡에 몸을 맡기며 쓰러진 후, 흐려지는 시야 속에는 바람 속에 위태롭게 흔들리다가 넘어지는 '나뭇가지에 꽂힌 머리'가 있었다. 고통은 물 컵에 떨어뜨린 잉크처럼 온몸에 퍼지면서 심해지는가 싶더니 어느 순간 느껴지지 않게 되었다. 졸음과는 전혀 다른 느낌으로 눈앞이 몽롱해지며 눈꺼풀이 무거워졌다.

"잘 가, 리비도."

꺼져가는 의식 속에서 머리가 마지막 작별인사를 했다.

"잘 가, 데스트루도."

마음속으로 그녀도 머리에 작별인사를 했다.

동물들의 과도한 스트레스로 인한 이상행동은 환경을 개선해주면 금방 나아지지만, 후유증이 남아 시간이 필요한 경우도 있다. 만약 환경을 개선하지 않고 그곳에 방치해둘 경우 증상이 계속 반복될 수도 있지만, 악화되다가 나중에 자살과 같은 극단적 선택을 할 수도 있다.

"동물도 자살을 한다고요?"

"그럼, 돌고래가 새끼의 죽음 때문에 이상행동을 보이다가 자살한 사건 모르니?"

"하지만, 동물들이 그런 개념을 가지고 있을 리 없잖아요."

"무슨 개념? 동물을 너무 과소평가하는구나. 물론 동물이 우리랑 똑같은 생각으로 자살을 했는지는 알 수 없지. 그들이 무슨 생각을 하고, 왜 이상

행동을 보이다가 자살을 하는지는 우리도 정확히 알 수는 없지만, 하나는 분명하단다. 그들도 괴로움을 느낀다는 거야."

"말도 안 돼."

아이는 뒤돌며 작게 중얼거렸다. 그런 아이를 살짝 못마땅하게 바라보던 가이드는, 아이와 눈높이 맞추던 허리를 펴며 점심에 나올 닭고기 수프를 생각하였다. 단체로 방문한 어린이들을 상대하다보니 배가 몹시 고파졌다.

* * *

비가 금방이라도 쏟아질 것처럼 하늘이 흐려졌다. 수연은 손목시계를 바라보았다. 오후 2시를 살짝 넘긴 시각. 해가 가장 높은 위치 그 주변에 있을 시각이지만 하늘을 뒤덮은 두껍고 짙은 구름 때문에 거리 전체에 짙은 회색 물감을 덧칠이라도 해놓은 것처럼 어두컴컴하였다. 만약 시계가 없었더라면 바깥의 풍경만 보고 오후 6시에서 7시 사이라고 생각했을지도 모른다.

수연은 아파트 난간에 아슬아슬할 정도로 몸을 기댄 채 바깥을 살폈다. 땅에서는 시체들이 썩는 역한 냄새가 공기를 타고 아래에서 위로 올라오고 있었다. 사람의 시체가 썩는 냄새는 단순히 고약한 것을 넘어서 인간에게 본능적인 경계심을 안

겨주는 것 같았다. 처음 그 냄새가 코끝을 스쳤을 때, 평생 동안 시체가 썩는 냄새를 맡아본 적 없었음에도 불구하고 그녀는 등에 소름이 돋는 것을 느낄 수 있었다. 막연한 불안감과 두려움은 근처에 동족의 죽음이 감지되었을 때 인간에게는 주변에 천적이 있을지도 모른다고 경계하는 프로그램이 내재되어있는 게 아닐까 싶을 정도였다.

그녀는 아래를 내려다보았다. 더 이상 파도가 치지 않는 파도 같았다. 그러나 기묘한 위화감을 느꼈다. 언제부턴가 거리를 누비던 비둘기들이 보이지 않게 된 것이었다. 시체를 쪼아먹는 기분 나쁜 비둘기들은 전과 비교가 안 될 정도로 살이 쪄있었다. 수연은 비둘기들이 자신을 바라볼 때 번뜩였던 눈빛을 여전히 기억하고 있었다. 두려운 것은 아니었지만 가까이 다가가고 싶지 않은 느낌이었다. 그 느낌은 구체적으로 표현하기 어렵지만, 흡사 뱀이나 거미를 봤을 때 느꼈던 반감과 비슷했다.

참치 통조림 뚜껑이 청량한 소리를 내며 열렸다. 통조림은 어지간히 썩지를 않는다. 뚜껑을 따자마자 올라오는 기름진 냄새는 식욕을 돋궈주었다. 수저도 없이 그녀는 손으로 가공된 참치의 살을 퍼서 입에 집어넣었다. 통조림 안에 담겨있던 기름이 뚝뚝 떨어지는 참치를 입 안에 넣고 씹자 기묘한 전율이 흘렀다. 위는 음식이 들어오는 것을 환영이라도 하는 것 같았다. 그녀는 냉장고로 가서 문을 열었다. 이제는 전기가 들어오지 않아 쓸모가 없는 냉장고. 이대로 두면 음식은 얼마 안 가 상하기 시작할지도 모른다. 영화나 게임을 보면 항상 이런 상황의 주인공은 이런 문제를 해결할 수 있는 공대 출신이거나 물리학자였다. 그녀가 게임을 즐겨하는 것은 아니었지만 남동생이 해오던 것을 어릴 때 몇 번 본 적 있어 기억하고 있었다. 하지만 그녀는 아니었다. 전기가 끊긴 상태에서 전기를 자가 생산, 그니까 자가 발전시키는 방법 같은 건 알지 못했다.

아직 멀쩡해 보이는 마요네즈와 케첩을 양손에 들고 고민하다가 마요네즈를 뿌려먹기로 하였다. 살찔 걱정은 할 필요가 없었다. 누구 한 명 자신을 보는 사람도 없는 건 물론이고, 식사 시간을 최소한으로 하고 대부분의 활동을 이동하는 데 써야 했기 때문이었다. 그녀에겐 만나야 하는 사람이 있었다. 핵전쟁은 아니지만 영화 '터미네이터'에서 따와, 그 정체불명의 존재에 의한 인류의 학살을 '심판의 날'로 부르기로 하였다. 심판의 날 이후, 가족이 안전하게 잘 있는지 확인해야 했다.

수연은 그 날의 장면을 떠올렸다. 눈앞에서 시커먼 그림자가 희고 날카로운 이빨을 보이며 자신의 직장 동료들을 하나 둘씩 씹어 먹는 모습을 목격하였다. 복합기 뒤에 숨어서 산 채로 비명을 지르고 발버둥치는 것을 바라볼 수밖에 없었다. 마치 산낙지를 잡아서 먹는 것 마냥, 살아있는 사람을 아무렇지 않게 뜯어먹는 그 장면은 수연의 뇌리에 강렬하게 박혔고, 움직이지 못하고 그대로 복합기 뒤에서 얼마동안 지내게 되었다. 가장 끔찍했던 것은, 그 괴물들은 결코 즉사시키지 않았다는 것이었다. 오른쪽 팔이 없어지고 오른쪽 다리가 덜렁덜렁하며 이빨 자국이 선명하게 베인 오른쪽 가슴에서 허리까지 오는 부분에서 내장이 흘러나오는 와중에도 사람들은 여전히 살아있었다. 비명조차 지르지 못 한 채 간헐적으로 꿈틀거리며 저항할 뿐이었다. 복합기 너머에서 잔혹한 만찬이 벌어지는 동안, 그 소음 속에서 수연은 바닥에 구토를 하였다. 속을 다 비워낸 후에도, 아무것도 쏟아낼 것이 없어도 구역질은 계속되었고, 배가 아파서 기어 다닐 정도로 그렇게 그녀는 헛구역질을 오랫동안 반복했다.

지금도 그때를 떠올리면 먹은 게 올라오는 것만 같았다. 스스로의 가슴을 쓸어내리고 심호흡을 몇 번 한 후 그녀는 참치 통조림 내용물을 마저 입에 털어 넣었다. 케첩과 마요네즈는 만약을 위해 챙겨두기로 하였다.

충격에서 벗어난 것은 아니었지만, 그래도 겨우 위액 냄새로 찌들어있는 복합기 뒤에서 나올 수 있게 되었을 때 그녀의 머릿속에 가장 먼저 떠오른 건 가족들이었다. 수연은 일 때문에 가족과 떨어져서 살고 있었다. 가족들의 집에 가기 위해서는 걸어서 일주일 정도가 걸렸다. 현실적인 것을 떠나 가족들이 무사하길 막연히 빌며 그녀는 길을 떠났다. 자동차를 이용할 수도 있었지만, 괴물들이 자동차를 모두 수집해간 것인지 어디에서도 찾아볼 수 없었다.

바깥은 소름 끼치도록 적막했다. '아무것도 없다'는 표현이 어울릴 만한 상황이었다. 가족과 만나기 위해 걸으며, 거리의 상황을 보면서 수연은 점점 더 가족이 살아있을 가능성이 희박해진다는 걸 인정하지 않을 수 없었다. 하지만 애써 외면하였다. 마치 영화처럼, 기적적으로 지하에 숨어있든 자신처럼 눈에 안 띄는 곳에 피신해있든, 가족들이 살아남아있을지도 모른다는 생각을 하였다. 다른 사람은 몰라도 자신에겐 그런 일이 일어날지도 모른다는 막연한 희망을 품었다. 정신이 무너져 내리는 것을 막기 위한 수단이었을지도 모른다.

그림자, 괴물, 신(神), 리퍼(Reaper), 엑스-터미네이터(Ex-terminator), 외계인, 뭐라고 명칭을 붙이든 상관없었다. 어쨌든 '그것'들은 더 이상 오지 않는 것 같았다. 다 떠나버린 것이다. 완전히 확신할 순 없었기에 처음엔 많이 경계하고 다녔지만, 지금은 어느 정도 경계를 풀고 먼 길 돌아가지 않고 가족의 집을 향해 직진으로 향하는 중이다.

다른 사람을 만나지는 못했다. 사라져 버리거나, 목만 남은 채 거리에 뒹굴거나, 둘 중 하나였다. 마치 이 행성에 자신 혼자만 남아있는 느낌이었다. 정신은 황폐해진 지 오래였다. 잠을 잘 때마다 심판의 날 때 보았던 그 광경이 악몽으로, 왜곡되어서 더욱 끔찍하게 나타났다. 얕은 잠을 계속 자다보니 정신이 깨끗하게 깨어있지는 못했다. 그리고 날마다 보는 것이 거리에 즐비한 사람들의 잔해였다. 지금은 무감각해져서 '사람 모양을 한 덩어리들' 정도로 인식되고 있지만, 이것이 익숙해진 것인지 아니면 정신이 더욱 악화된 것인지 알 수는 없었다.

'누구라도 만났으면 좋겠는데.'

이런 상황에서 사람의 가장 큰 적(敵)은 사람이라는 말이 있지만, 막상 닥치니 동행할 누군가를 절실하게 원하게 되었다.

"거기 누구 없어요?"

처음으로 큰 소리로 거리를 향해 외쳤다. 처음엔 '그것'들이 듣고 올까봐 두려워 시도하지 않았지만, 배 째라는 식으로, 그만큼 절박한 심정으로 사람을 찾았다.

"누구 살아남은 사람 없냐고요?"

눈치채지 못할 정도였지만 그 목소리는 주변을 에워싼 회백색 건물 벽에 부딪혀 조그맣게 메아리쳤다. 대답 대신 웅웅거리며 퍼지는 메아리는 묘하게 기분 나빴다.

"전 위험하지 않아요! 숨어있지 말고 협력해요!"

하지만 아무 대답도 돌아오지 않았다. 조금은 예상했던 일이지만 절망감은 불청객처럼 그녀 마음을 비집고 들어왔다. 가족들이 사는 집까지는 1시간 정도면 도착할 수 있었다. 앞니로 자신의 입술을 깨물었다.

'조금만 더 가면 돼…'

눈물이 쏟아져 나오려는 걸 겨우 가라앉히고 다리에 힘이 빠지지 않도록 주의하며 발걸음을 옮겼다. 집이 이제 가깝다는 생각에 뇌가 착각이라도 한 것인지 벌써 안도의 눈물이 나오려고 했다. 하지만 울면 안 되었다. 우는 순간 온 몸에 힘이 쫙 풀려 그 자리에 주저앉을 것만 같았다. 그리고 그 상태에서 소리 내어 울다가 길거리에서 자신도 모르게 잠들지도 모른다.

그 때, 이질적인 무언가가 시체 더미 사이에서 보였다. 머리나 팔만 돌아다니는 것이 아니라, 온전한 모습의 사람이었다. 자세한 건 가까이 다가가 확인해봐야겠지만, 지금까지 본 것과 비교가 안 될 정도로 온전해 보이는 그 사람은 바닥에 쓰러져 있었다. 그녀는 실망하지 않기 위해 '설마'라고 스스로에게 말하면서도 심장이 두근거리는 것을 막을 순 없었다.

그녀는 시체들을 건너뛰다시피 하며 쓰러져 있는 그 사람에게 재빨리 다가갔다. 등을 보인 채 쓰러져있는 사람은 여성으로 보였다. 그녀는 다가가자마자 여성의 어깨를 잡고 뒤집었다. 그리고 수연은 자신도 모르게 양손을 입에 갖다 대고 숨을 헉 하고 들이마셨다.

그 여성은 이미 죽어있었다. 그러나 그냥 죽은 것이 아니라 배에 과도가 꽂힌 채 죽어있었다. 옷은 배에서 흘러나온 피로 흠뻑 젖어 무서운 느낌이 들 정도로 붉은 문양이 그려져 있었고, 양손 끝에도 굳은 피가 있었다.

'설마… 자살한 건 아니겠지?'

예상 외의 모습에 머리가 멍해졌다. 여러 가지 생각이 머릿속을 스쳐지나갔다. 이 여성이 자살했거나, 주변에서 다른 생존자를 죽이는 또 다른 생존자들이 있거나. 죽은 지는 꽤 된 것 같았다. 그러나 다른 시체와 비교했을 때 굉장히 늦게 죽은 축에 속했다. 이 여성도 수연과 같은 생존자였던 것이다. 산더미 같은 시체들을 봐오며 그런 것에는 꽤나 무덤덤해졌다고 생각했는데, 너무나도 '인간적으로' 죽은 여성의 모습에 또 다른 공포를 느끼게 되었다.

'왜 죽었을까? 자살이라면 왜 자살했을까? 타살이라면 그들은 아직도 이 근처에 있을까?'

생각들이 소용돌이치는 와중에, 두개의 이질적인 무언가가 더 그녀의 눈에 들어왔다. 쓰러진 여성의 시체 바로 옆에 같이 쓰러져 있는, 적당히 굵은 나뭇가지에 꽂혀있는 남성의 머리였다. 알 수 없는 나쁜 기분이 그녀의 등줄기를 타고 내려갔다. 그리고 그 너머에는 작은 흙봉우리 세 개가 있었다. 마치 무덤 같았다. 작은 동물들의 무덤.

'이 여성은 죽기 전까지 뭘 했던 걸까?'

소름이 확 돋았다.

'저 나뭇가지에 꽂힌 머리를 말동무로 삼은 건가? 나도 혼자 남게 되면 저렇게 되는 것일까?'

덜덜 떨리는 손으로 죽은 여성의 배에서 과도를 빼내었다. 사후강직이 풀린 물컹한 배에서 날붙이를 빼내는 감각은 서늘하게 기분 나빴다. 그리고 여성의 어깨를 잡고 흔들었다.

"이봐요, 일어나요. 왜 죽은 거예요, 왜…"

결국 참고 있었던 눈물이 눈에서 흘러나와 시야를 뿌옇게 만들었다.

"조금만 더 버텼으면 여기서 만날 수 있었을 텐데… 같이 헤쳐 나갈 수 있었을 텐데… 나 외롭단 말이에요. 당신도 외로워서 이렇게 미쳐버린 거잖아요. 저도 당신처럼 미쳐버리는 건가요? 난 미치기 싫어요. 같이 만났으면 다 괜찮았을 텐데, 왜, 왜!!!!"

차가워져서 사람이라고 느껴지지 않는 여성의 주검 위에 얼굴을 파묻고 수연은 소리 내어 울었다. 거리를 가득 메운 시체들보다, 그날의 충격보다, 더욱더 자신이 혼자 남게 되었다는 걸 뼈저리게 느끼게 된 날이었다. 조금이라도 생존자였던 여성의 온기를 놓치지 않으려고 여성의 두 손을 잡았지만, 손은 얼음처럼 차가웠다. 그 때 수연의 마음 속 구석에서 무언가가 무너져 내렸다.

어떻게 길을 헤치고 가족들의 집에 도착했는지는 기억이 나지 않았다. 기계적으로 발걸음을 옮겼던 것 같았다. 마치 꿈속을 헤치고 나아가는 것처럼, 수연은 집까지 아무 생각도 없이 걸어갔다. 가족들이 사는 아파트의 현관문 앞에 섰을 때, 정신이 퍼뜩 들었고, 그 때 현관문에서 풍겨나온 분위기는 그녀를 압도하였다. 끔찍할 정도로 불길하였다. 처음 바깥으로 나왔을 때 느꼈던 그 소름끼치는 적막과 너무나도 같은 적막.

"아냐…"

파르르 떨리는 입술로 간신히 내뱉은 말은 부정이었다. 조심스레 다가가 그녀는 초인종을 눌렀다. 초인종은 전기 끊긴 것과 상관이 없는지 여전히 작동하였다. 적막 속에서 울려퍼지는 초인종 소리. 그리고 다시 이어진 적막은 수연을 벼랑 끝으로 몰고 갔다.

"아냐… 아닐 거야…"

주먹을 불끈 쥔 채 현관문을 두들겼다. 현관문은 차가웠다. 마치 방금 만진 죽어버린 여성의 손처럼. 이내 그녀는 미친 듯이 현관문을 두들기며 외쳤다.

"엄마, 나 왔어!! 아빠, 문 좀 열어봐! 나야, 나니까 병훈아, 너라도 문 좀 열어봐! 이젠 괴물들 갔어…! 괴물들… 갔다고…"

목소리는 외침에서 비명에 가까워졌고 끝에는 다시 기어들어가듯이 사라졌다.

"이제 그것들 다 갔으니까… 숨어있지 않고 나와도 된다고…"

그리고 기어들어가던 목소리는 흐느낌으로 바뀌었다. 현관문에 양 손을 댄 채, 미끄러지듯이 쓰러지며 그녀는 소리 없이 흐느끼기 시작했다. 얼마나 침묵 속에서 흐느꼈을까, 안에서 철컥하는 소리와 함께 문이 열리기 시작했다. 그녀는 눈물이 여전히 흘러나오는 눈으로 조금씩 열리는 현관문을 바라보았다. 그리고 현관문에서 나온 것은, 나뭇가지에 꽂힌 그녀의 가족들의 머리였다.

수연은 알고 있었다. 자신에게는 집 열쇠가 있다는 사실을. 안에서 열어주지 않아도 열고 들어갈 수 있다는 것을. 하지만 모른척하기로 하였다. 그녀의 가족들의 머리는 안에서 문을 열고 나온 것이었다.

"보고싶었어…"

수연이 다시 눈물을 흘리며 말하였다. 지구상에 그녀의 모습을 볼 수 있는 사람이 아무도 남아있지 않은 상황이었지만, 만약 그녀의 모습을 옆에서 보았다면 그것은 가족들의 머리가 꽂힌 나뭇가지를 한쪽 손에 들고 울고 있는 수연이었을 것이다.

흘리던 눈물을 한쪽 손으로 훔치고 있는 수연을 지긋이 바라보던 머리들은 빙그레 웃으며 물었다.

"누가 보고 싶었는데?"

이일경(李日京)

기이하고 기묘한, 일상 속의 비일상으로 사람들을 끌어들이는 글을 쓰고 싶다는 생
각으로 소설을 쓰고 있습니다.

한 편의 단편 영화를 본 것 같은 소설을 쓰는 걸 목표로 하고 있습니다.

현재 황금가지사 웹소설 플랫폼 '브릿G'에서 동명의 필명으로 활동하고 있습니다.

이 소설은 제가 두 번째로 도전해본 에일리언 아포칼립스풍의 소설입니다. 8년 전쯤에 쓴 첫 번째 도전은 방 청소하다가 발견했었는데, 추억 대신 처참한 완성도가 튀어나와 당황스러웠습니다. 그 사이 이렇게 글이라고 할 만한 것을 쓸 수 있게 되었군요. 놀랍습니다.

계기는 단순했습니다. '영화를 보면 멸망 전 모두가 살아남으려고 애쓰는데, 완전히 멸망한 세상 속에서, 그것도 (본인이 느끼기에) 홀로 생존하게 된다면, 생존 자체가 행복한 결말이라고 할 수 있을까? 그 후 그 사람은 어떤 심정으로 지내게 될까?'라는 생각을 하다가 '카미카쿠시(神隠し)'라는 일본어에서 영감을 받아 쓰기 시작했습니다. 막연했던 멸망이라는 상황에 큰 뼈대를 제공해주었다고 할 수 있겠네요. 물론 쓰다 보니 '신이 숨긴 것과 같은 묘연한 실종'이라는 본래 뜻과 소설 속 상황 사이에 다소 차이가 생기긴 했습니다만, 인간이 어찌할 수 없는 존재에 대한 무력감이 드러난다는 점은 그대로 통하지 않나 싶습니다.

애정을 갖고 쓴 소설이 이렇게 앤솔로지에 실릴 기회를 얻게 된 것을 무척 기쁘게 생각하고 있습니다. 제 소설을 끝까지 읽어주셔서 진심으로 감사드립니다.

이상한 가면 여우 이야기

곽재식

최근 몇 번 과천에 있는 과학관에 다녀올 일이 있었다. 서울에서 과천으로 가다 보면 흔히 남태령이라는 고개를 넘어서 가게 되는데, 이 고갯길을 지날 때마다 나는 매번 잠깐씩 머리에 떠오르는 이야기가 있었다. 어떤 때에는 한번 떠오른 이야기가 계속 머리에 남아서 도착할 때까지 내내 차 안에서 그 생각만 하게 된 적도 있었다. 지금부터 할 이야기는 그것을 정리해 본 것으로, 나 역시 그저 들은 이야기를 조금 더 꾸며서 정리한 것일 뿐이므로, 내용 전체가 모두 사실일 가능성은 없다고 본다.

　이야기는 홍진표라는 사람이 재산을 다 날리고 막대한 빚을 얻은 것에서 출발한다.

스스로 똑똑하다고 생각하는 사람들이 종종 저지르는 실수는 가끔 자신을 너무 믿을 때가 있다는 것이다. 보통 영리한 사람들은 의심이 많고 조심스럽기 마련이지만, 그 의심과 조심을 넘어설 정도로 믿음직한 일이면 너무나 굳게 믿게 된다. 막대한 돈을 벌 수 있는 신종 투자 상품은 모두 사기라고 생각하고 의심하던 홍진표가 폭스 블록체인 머니라는 제품에 대해서는 굳은 신념을 가졌던 것도 같은 이유였다.

홍진표는 사귀고 있던 김희정과 결혼할 날을 대비해서 오랜 시간 따로 모아 왔던 돈을 모두 폭스 블록체인 머니에 털어 넣었고, 그 외에도 끌어다 댈 수 있는 모든 돈을 다 같은 곳에 털어 넣었다. 폭스 블록체인 머니에 투자해서 돈을 벌 수 있는 기회는 2주일 정도 밖에 없어 보였는데, 그 2주일 안에 투자하기만 하면 그것은 2천9백 배의 수익으로 돌아올 것으로 예상되었다. 그렇다 보니, 홍진표는 급하게 빚도 무더기로 구해서 다 집어 넣었다.

2주일이 지나자, 홍진표는 백만장자가 아니라 빚쟁이가 되어 있었다.

그는 19년만에 처음으로 소리를 내어 엉엉 울어 보게 되었고, 하루 종일 멍한 기분으로 앉아 그저 자기 심장이 벌렁벌렁 하는 것만 느끼면서 시간을 보내기도 하였다. 홍진표는 스스로

폐인 같이 살고 있다고 생각했는데, 이 때 폐인이라는 말이 나타내는 바는 몇 주일 전에 웃으면서 "연속으로 연속극만 몇 시간씩 보면서 폐인같이 지냈어"라고 김희정에게 말할 때 썼던 "폐인"이라는 단어와는 많이 다른 의미였다.

얼마 후 밥을 사 먹을 돈이 없어서 굶게 된 홍진표는 이런저런 실업자나 빈자 구제 사업에 신청하게 되었다. 그러다가 홍진표는 남태령에 있는 어느 공원의 미화 사업에서 하루 일당을 받아 일하는 자리를 겨우 얻게 되었다. 홍진표가 하는 일은 공원의 쓰레기를 줍거나, 잡초를 캐고, 가끔 꽃을 심으라고 하면 꽃을 심는 일이었다. 다행히 같이 일하는 사람들이 대체로 친절한 편이라, 마음 속에 뭔가 울컥 다 엎어 버리고 싶은 심정과 후회만 가득한 사람인 경우에도 그럭저럭 역할을 할 수 있는 곳이었다.

마침 그 공원에는 남태령에 내려 오는 전설을 나타내기 위해 만들어 놓은 여우 조각상이 있었다. 홍진표도 그전부터 그 전설 내용의 줄거리는 어렴풋이 들어서 알고 있었다.

남태령에는 옛날에 이상한 여우가 나타난다고 해서 사람들이 여우고개라고 불렀다고 한다. 그리고 바로 그 여우고개에 대한 전설이라면서 "어우야담"이라는 책에 500년 쯤 전, 조선시대에 채록된 이야기가 있다. 그 전설에 따르면, 어떤 게으른 사람이 이상한 인물을 만나는데, 그 인물이 그 게으른 사람에게 소 모양으로 된 가면을 쓰고 소 가죽을 등에 걸쳐 보라고 권했다고 한다. 시킨대로 하자, 그 게으른 사람은 요술처럼 갑자기 정말 소로 변하게 된다. 소가 된 게으른 사람은 사람들에게 붙잡혀 죽어라 일을 하게 되고, 그러면서 그 사람은 고통을 받으며 삶을 후회하게 된다. 그러다 어느날 소로 변한 그가 파를 뜯어 먹게 되는데, 그러자, 다시 사람의 모습으로 돌아오게 된다는 것이 결말이다.

홍진표는 그 이야기의 배경이 남태령이라는 것도 어디선가 한 번 들어 본 것 같았다. 그렇지만, 그런 전설에 대해 무엇인가 장식을 해 놓은 공원이 있을 거라고는 생각 못했다. 그리고 그 공원에서 잡초 뽑는 일을 자신이 하게 될 거라고도 생각하지 않고 살아 왔다. 홍진표는 어린이들에게 교훈을 주기 위해 귀엽게 만들어 놓은 여우 모양을 보면서 갖가지 생각을 했다. 그 조선시대 게으른 사람이 지금 살았다면 혹시 폭스 블록체인 머니에 투자를 했을까? 얼마나 했을까?

며칠 후, 홍진표가 꽃나무 심는 일을 하던 날이었다. 홍진표는 그날따라 조금 더 깊이 흙 바닥을 파게 되었다. 흙을 조금 파헤쳤을 때 누가 옛날에 버려 놓은 휴지가 나왔다. 그것을 보고 홍진표는 옛날에 주식투자 하다가 돈 날린 사람은 "다 날리고 주식이 휴지 조각이 되었다"고 말했는데, 인터넷으로 투자를 한 자신은 휴지 조각조차도 없다는 생각을 했다. 괜히 그러다 보니 뭔가 치미는 마음이 다시 생겨서 그는 성난 것처럼 땅을 팠던 것이다.

깊게 땅을 파다 보니, 흙 속에서 숟가락이나 젓가락 같은 쇠가 나타나는 것 같았다. 호기심이 생겨 더 파보니, 그것은 금속으로 된 무슨 뼈대 같아 보였다. 누가 무슨 우산이나 옛날 양철 도시락 같은 것을 버린 것인가 싶기도 했다. 그런데 살펴 보니 그런 것이 아니라 모양이 이상했다. 그러고 보니 조선시대 전설이 있는 곳이라면 조선시대의 유물 같은 것이 묻혀 있을지도 모른다는 생각도 들었다. 홍진표는 혹시 돈이 될만한 것일 가능성도 있다고 생각했다. 홍진표는 더 흙을 파헤쳐 결국 그것을 파 보았다.

그것은 얼굴 모양 비슷하게 되어 있는 금속 뼈대였다. 무척 오래된 것처럼 보였다. 금속 뼈대 겉면에는 너덜너덜하게 다 삭아빠진 천 조각이나 종잇조각 같은 것이 붙어 있었다. 만약 그 종잇조각이나 천 조각이 원래대로인 모양이었다면 요즘 피부 미용을 위해 얼굴에 덮어 쓰는 전자기기 비슷한 모양이었을 것 같다 싶기도 했다.

그러면서도 홍진표는 한 눈에 바로 알아 볼 수 있는 보물은 아니었던지라 실망했다. 그래도 일단 뭔가 특이한 것이라고 생각하고 그것을 챙겨 집에 갖고 오기로 했다. 참고로, 김희정으로부터 나온 이야기라면서 확인되는 대목은 여기까지다. 이 다음부터의 이야기는 더욱 믿기 어렵다.

집으로 온 홍진표는 그 가면 비슷한 뼈대 모양을 살펴 보았다. 그것은 금속 재질이었는데 무슨 기계처럼 작은 장치도 있어 보였고, 불빛이 들어 오는 곳이 있지 않은가 싶기도 했다. 거기에 붙어 있는 종이 조각 같은 것에는 어떤 그림이 그려져 있었는데, 자세히 보니 무슨 짐승 그림 같기도 했다.

그리고 홍진표는 무심코 그것을 얼굴에 써 보았다.

문제는 마침 그때 홍진표가 소가죽으로 만든 가죽 자켓을 입고 있었다는 데 있었다. 홍진표는 잠시 후, 소로 변신하게 되었다. 홍진표는 네 다리로 바닥에 선 이상한 자세와 자기 몸의 무거운 느낌에 당황했고, 거울을 보고 더욱 놀랐다. 처음 홍진표는 자신이 빚쟁이가 된 후에 너무 신경이 쇠약하게 되어 드디어 환각을 보게 된 것은 아닌가 싶어 절망하기도 했다. 그렇지만, 좁은 방 안을 이리저리 거닐면서 발굽소리를 확인하고 꼬리를 움직이는 느낌을 느껴 본 결과, 자신이 소로 변한 것이 맞다고 믿게 되었다.

홍진표는 얼마 지나지 않아 남태령의 여우고개 전설을 떠올리게 되었다. 그 전설은 사실이었고, 알 수 없는 복잡한 구조로 사람을 소 모양으로 바꾸어 주는 기계 장치가 실제로 있었던 거라고 그는 생각했다. 그는 전설의 마지막 부분을 생각해 내고, 사람으로 되돌아가려면 파를 먹어야 한다고 결론을 내렸다. 그는 소 앞발로 모습이 변해 불편해진 앞발을 뻗어 겨우 냉장고 문을 열었다. 하지만 그의 집에 파는 없었다.

고민하던 홍진표는 결국 파를 찾아 바깥으로 나가기로 했다. 시내 다세대주택 한가운데에 문득 소가 나타나자 보고 흠칫 놀라는 사람도 있었고, 동네 어린이들 중에는 "소다!"라고 말하고 왜인지 돌을 던지는 사람도 있었다. 하지만, 홍진표는 최대한 빠르게 그들로부터 도망쳤다. 네 발로 달리는 것이 쉽지는 않았다. 그러나 소의 근육과 덩치는 그대로 있었던지라, 좀 넘어지고 미끄러지면서도 동네 어린이를 따돌릴 정도로 빠른 속도는 낼 수 있었다.

처음 홍진표는 근처의 대형 마트 쪽으로 향했다. 하지만, 가면서 생각해 보니, 대형 마트의 출입구, 많은 사람들, 무빙워크 등등을 모두 통과해서 채소 파는 곳까지 가기란 쉬운 일이 아닌 것 같았다. "즐거운 쇼핑되십시오."하고 인사하는 그 검은 옷 입은 사람이 "고객님, 소 상태로는 매장내에 들어 가실 수가 없고요."라고 하면서 바로 제지할 것 같았다. 대형 마트에서 고용하고 있는 경비나 보안 담당 직원에게 들키면 이기기 어려울 것 같기도 했다. 동네 어린이를 따돌리는 것보다는 훨씬 어려울 것이다.

홍진표는 방향을 바꾸기로 했다. 골목길의 작은 식료품점에서 재빨리 파를 뜯어 먹기로 했다. 그는 차가 지나가는 좁은 길을 따라 달렸다. 사람일 때에는 길가로 바짝 붙으면 차를 피하는데 어려움이 없었지만, 훨씬 덩치가 커진 소일 때는 위험한 때가 많았다. 사람들의 주목을 오래 끌면 안 되었기에, 그렇다고 조심스럽게 천천히 갈 수도 없었다.

그러다가 겨우 식료품점을 한 군데 찾았다. 하지만 파는 가게 깊숙한 곳에 진열되어 있었다.

좁은 가게 안을 보니 한바탕 좌우를 짓밟고 달려 들어가기 전에는 파를 먹을 수 없을 것 같았다. 그에 비해, 가게에는 직원을 포함해서 손님 여럿이 있었다. 만약 자신을 제지하고 방해하려고 한다면 당해낼 수 있을까 싶었다. 물론 소로 변한 지금의 힘을 생각하면 보통 사람 몇 쯤을 쓰러뜨리는 것은 어렵지 않을 것 같기는 했다. 그러나 만약, 혹시라도 파를 먹기 전에 사람들에게 진다면 낭패였다. 그 전에 사람들이 자신을 쓰러뜨린다면 그 다음에는 운이 좋아야 저세상으로 보내주는 주사약을 맞게 될 것이다. 그게 아니라면 도살장에 갔다가 갈비탕과 불고기로 변하게 된다. 그렇게 생각하니 파를 먹기 위해 사람들 사이를 뚫기가 너무 무서웠다.

홍진표는 결국 진열장 바깥 쪽을 슬쩍 훑어 보고, 그곳에서 싸게 떨이로 내어 놓은 인스턴트 라면 봉지를 발견했다. 라면 봉지 중 하나의 겉면에는 "송송 썰어 놓은 파에서 우러나오는 시원한 국물 맛"이라는 광고문구가 적혀 있었다. 라면 양념에 파를 많이 넣었다는 이야기였다. 홍진표는 저거면 될 수도 있다고 생각했다. 그는 입으로 라면 봉지를 물고는 냅다 뛰었다.

골목길 언덕배기를 거슬러 올라와 사람이 별로 없는 으슥한 산등성이 쪽까지 올라 갈 때까지, 홍진표는 쉬지 않았다. 도시 변두리 주택가 골목을 뛰어다니고 있는 소는 자기가 생각해도 너무 발견되기 쉬울 것 같았다. 빨리, 최대한 빨리 피해야 했다.

겨우 사람들로부터 들키지 않을 수 있겠다고 생각한 곳에 도착하자, 홍진표는 잠시 숨을 고르며 쉬었다. 그러고 있으니, 되새김질이 시작되어 먹었던 음식이 입으로 다시 올라왔다. 진짜 소들에게는 자연스러운 현상이었겠지만, 홍진표에게는 너무 이상한 느낌이었다. 역겹기도 했다. 잠깐 지나자, "의외로 묘한 맛이 있고 감촉은 부드러운데"라는 생각도 잠깐 스쳐지나가기는 했다.

홍진표는 이빨로 라면 봉지를 찢고 그 안에 있는 양념을 끌러 냈다. 홍진표는 말린 파로 보이는 것만 빠르게 핥았다. 그러자, 얼마 후, 홍진표는 다시 원래의 모습, 그러니까 젊지만 이미 인생 망한 것 같은 표정을 짓고 사는 빚쟁이 인간의 모습으로 돌아올 수 있었다.

그는 집으로 돌아가서 다시 실험을 해 보았다. 돌아가는 길에는 미리 파를 사 가서 준비해 두기로 했다. 소가죽으로 만든 자켓을 입고 여우고개 공원에서 파낸 가면을 쓰자, 과연 다시 한번 장치는 작동해서 홍진표를 소로 변신시켰다. 그리고 가져다 놓은 파를 뜯어 먹었더니, 사람으로 돌아갈 수 있었다. 전설 그대로였다.

그리고 나서는 실험을 조금 더 해 보기로 했다. 홍진표는 집에 있는 가죽 자켓 중에 돼지 가죽으로 된 것을 찾았다. 그리고 돼지 가면을 구하기 위해 그는 동네 문구점과 장난감 가게를 뒤져서 만화에 나오는 돼지 형님으로 변장하고 놀 수 있는 어린이 장난감을 찾았다. 홍진표는 그 장난감 가면을 여우고개 공원에서 파낸 가면 장치 위에 붙였다. 돼지 가죽으로 만든 가죽 자켓을 입고, 그 가면을 다시 쓰자, 그는 예상대로 커다란 돼지로 변신했다. 이번에도 파를 먹었더니 원래 모습으로 돌아올 수 있었다.

그는 이 모든 것이 대단히 신기하다고 생각했다. 너무 신기한 나머지 감격하고, 감격해서 울 정도였다. 당시 홍진표의 정서 상태는 상당히 불안했으므로, 그는 자신이 엉뚱한 데 투자했다가 전재산을 날린 것도 바로 이런 더 큰 기회를 주기 위한 운명의 절묘한 섭리가 아닐까 생각할 정도였다. 만약 자신이 빚쟁이가 되어 망하지 않았다면, 일자리 찾기 사업에도 지원하지 않았을 것이고, 그렇게 안 되었다면 남태령에 가서 땅을 팔 일도 없었을 것이다. 이 신비로운 장치를 손에 넣게 하기 위해서, 우주가 어떤 숙명적인 힘으로 자신을 이렇게 이끈 것 아닌가 생각하며 그는 흥분에 떨었다.

홍진표는 기계 장치의 구조나 원리에 대해서도 나름대로 고민해 보았다. 기계 장치에 가면을 붙이고 얼굴에 쓴다는 것은, 그 가면이 나타내는 생물에 대해서 가면을 쓰는 사람이 갖고 있는 정신적인 관념을 입력해 주기 위한 작업인 듯 싶었다. 만화에 나오는 모습의 돼지 가면을 사용했지만, 정말로 만화 등장 인물 같은 모양으로 변하는 것은 아니었다. 대신에 내가 그것을 보고 상상하고 있는 현실의 돼지 모습으로 변했다. 한편 그 동물의 가죽을 몸에 두르고 있어야 한다는 것은 그 동물의 실제 모습이나 유전자 구조를 기계 장치가 읽어 들이기 위해 필요한 것 아닌가 싶었다.

그렇다고는 해도, 어떻게 그렇게 빨리 변신하고자 하는 동물의 모습을 인식하고 만들어낼 수 있는지, 동물의 모습에 해당하는 많은 물질과 그 물질로 만들어진 방대한 양의 세포들을 어떻게 잠깐 사이에 모두 만들어낼 수 있는 것인지는 도저히 상상하기 어려운 문제였다. 분명히 21세기초 사람들이 갖고 있는 기술보다는 훨씬 더 월등한 기술로 만들어져 있는 장치였다. 5백년 가까이 묵혀 두었을 텐데 그동안 고장이 없었다는 것도, 배터리가 다 닳는다거나 하는 일 없이 동력을 그대로 갖고 있다는 것도 신기한 일이었다.

그러나 홍진표는 그러한 원리를 자신이 스스로 밝혀낼 수는 없다는 점을 알고 있었다. 이런 신기한 장치를 발견했다고 세상에 알린다면, 잠깐 텔레비전 프로그램에 출현해서 화제는 될 수 있을 것이다. 하지만 정말로 명성을 얻고 위대한 과학자로 칭송을 받게 될 사람은 자신이 아니다. 이 신기한 장치의 구조와 원리를 실제로 밝혀낼 학자들이 유명해지고 돈도 벌 것이다. 그렇게 해서는 홍진표의 그 많은 빚이 저절로 없어지지도 않고, 홍진표가 엉뚱한데 투자하다가 망해서 걸인이 되었다고 비웃는 것 같던 그 많은 세상 사람들에게 보란 듯이 멋지게 자랑할 수도 없다.

그래서 홍진표는 일단 마술사가 되기로 결심했다.

그는 소, 돼지 같은 동물로 재빨리 변신할 수 있었고, 다른 마술사들이 결코 상상할 수 없는 놀라운 방식으로 그런 마술에 성공할 수 있었다. 검은 천으로 잠깐 모습을 가린다거나, 무슨 상자 속에 들어간다거나 하는 것 없이, 아예 모든 관객들이 뻔히 지켜 보는 앞에서 대놓고 몸이 점점 소처럼 변해 가는 모습을 보여 줄 수도 있었다. 사람들은 컴퓨터 그래픽 특수효과를 보는 것 같다고 놀라워했다. 게다가 사람들이 많이 알고 있는 전설인, 소로 변신했다가 파를 먹고 다시 되돌아 오는 것을 그대로 보여 줄 수 있다는 점도 인기몰이에는 좋았다.

홍진표는 마카오의 호텔들을 거쳐, 라스베가스와 몬테카를로의 마술 대회에서도 공연을 하며 돈을 벌었다. 홍진표는 김희정과 함께 화려한 도시들을 돌아 다녔고, 조금씩 돈을 모으면서 다시 김희정과 결혼하고 남들처럼 평범하게 살 수 있다는 꿈도 또 꾸게 되었다. 어쩌면 매일매일 멋지고 신나게 그저 끝없이 행복하게 다들 부러워할만한 모습으로 살 수도 있다는 기대도 품게 되었다.

그렇지만, 막상 그렇게 얼마간 지내 보니 기대만큼 막대한 돈을 벌 수 있는 것은 아니었다. 홍진표는 관객들의 눈을 끌거나 재미있게 쇼를 연출하는 재주가 있는 사람이 아니었다. 여러 사람 앞에서는 조금 수줍어 했고, 화려한 춤을 추며 등장하는 마술사 보조원들과 서로 호흡을 맞춰 어울리는 솜씨는 무척 모자랐다. 기술은 신기했지만 마술사로서 신비하고 유쾌한 성격을 보여 줄 수 있는 매력이 단련된 것은 아니었다. 그렇다보니, 인기가 올라갔다가 시들해지는 것도 잠깐이었다.

돈이 넉넉한 인기 마술사의 소속사에서 홍진표에게 접근해서 마술 비법을 판매하라고 한 적도 있었다. 그렇지만, 홍진표의 여우가면 변신 마술은 마술 비법을 알려 주면서 돈을 벌 수 있는 것도 아니었다.

비법이라면 여우고개에서 파낸 진짜 가면을 쓰는 것이 비법이었다. 세계적으로 인기를 끌고 있던 갑부 마술사, 솔로몬 골드마인 쪽에서 접근해 왔을 때에, 홍진표는 한번 모든 것을 다 그냥 털어 놓을까, 생각했던 적도 있었다. 골드마인이 제시한 정도의 금액이면 빚도 거의 갚을 수 있을 만했다. "이 가면을 제가 드리겠습니다. 이 가면만 있으면 제가 하는 마술을 할 수 있습니다. 그 외에는 한국에서 파를 좀 사서 준비해 놓으시기만 하면 됩니다." 그렇게 말하고, 가면을 넘길까 고민했다.

그렇지만 홍진표는 그렇게 하지 않기로 했다. 그러면 그것으로 그냥 끝이다. 수백년 만에 자기 손에 들어 온 가면을 그냥 날려 버리고 싶지는 않았다. 가면을 갖게 된 것은 자기 삶에 주어진 아주 커다랗고 중요한 높은 뜻 비슷한 것이라고 그는 생각했다. 그래서 홍진표는 그런저런 나이트클럽을 돌며 어디서나 볼 수 있는 마술을 하는 인기 없는 초보 마술사들과 어울리게 되었을 때에도, 자신의 비밀을 팔지 않고 간직했다.

그러나 결국 빚을 갚지 못한다고 독촉을 받으며 시달리게 되자, 홍진표는 다시 궁지에 몰렸다. 화려한 무대를 돌아다니며 박수를 받고 마술 대회에서 입상도 하느라, 자신도 유명 연예인이라도 된 것처럼 착각을 해서 쓸데없는 데 돈을 쓰며 낭비하고 산 것도 빚을 쉽게 못 갚은 이유였다. 이런 엄청난 장치를 얻었는데, 그깟 빚 몇 푼 금방 못 갚겠냐고 안이하게 생각한 것 역시 그의 실수라고 볼 수 있었다. 그렇다 보니, 홍진표는 수완

이 아주 좋은 빚 독촉 전문가들의 방문을 연달아 몇 차례 받았다. 그 전문가라는 사람들이 하는 일이란 웃는 얼굴로 재정상담을 해 주는 것은 결코 아니었다.

그래서 홍진표는 자신을 몰아 세운 사금융 업체 대표를 제거하기로 결심했다.

금융 업체 대표라고 하지만, 그는 몇 년 전까지만 해도 조직폭력배 두목이었던 사람이었다. 지금은 손을 씻고 합법적인 사채업자로 살고 있다고는 해도, 홍진표가 보기에 그는 지금 사회에서 사라져도 그의 칫값에 넘친다는 생각이 들지는 않았다. 게다가 그가 사라지는 것은 자신에게도 통쾌한 일이었다. 그의 금고에서 돈다발을 들고 나오면 삶에도 도움이 될 거라고 생각했다.

자신의 계획을 위해서, 그는 우선 호랑이 가면을 구했고, 호랑이 가죽 깔개를 찾아 다녔다. 없는 돈을 털어 두 번이나 호랑이 가죽을 구해서 샀는데, 둘 다 가짜여서 변신 실험에는 실패했다. 세번째로 황학동 시장에서 길바닥에 판 깔아 놓고 거북이 박제에서 순록 뿔까지 온갖 괴상한 것을 파는 노인에게 구한 호랑이 가죽 조각이 마침 진짜였다. 그렇게 해서 겨우 그는 준비를 마칠 수 있었다.

홍진표는 작은 플라스틱 통 속에 파를 집어 넣고 그것을 목걸이에 매달아 목에 걸었다. 황학동에서 산 호랑이 가죽은 입고 있는 옷 등쪽에 순간접착제로 붙여 두었다. 그리고 깊은 밤에 사금융 업체의 대표를 찾아 가서 몇 마디 시비를 걸며 그를 좀 약올렸다. 통쾌하고 후련한 기분이었다. 아주 짧은 시간이었지만 이런 순수한 즐거움을 느껴본 것이 얼마만인가 싶어, 그는 어린시절 놀이동산에 처음 가 봤던 날까지 되돌아 볼 지경이었다. 잠시 후, 그에 대한 반응으로 사금융 업체 대표가 욕설을 하며 덤벼들자, 홍진표는 품 속에서 가면을 꺼내어 뒤집어 썼다.

호랑이로 변한 홍진표가 사금융 업체 대표를 무생물 처지로 만들어 버리는 작업은 신속하고도 간단하게 진행되었다. 일을 마친 홍진표는 열려 있는 금고 속에서 돈뭉치를 꺼내어 피 묻은 입으로 가방에 쓸어 담았고, 곧 그것을 물고 바깥으로 달아났다. 호랑이의 몸이 되어, 인적이 없는 깊은 심야의 빌딩 사이를 달리는 기분은 매우 상쾌했다. 누군가에게 모습이 들킬 것 같을 때, 재규어 같은 짐승을 새겨 놓은 자동차를 딛고 뛰어 올라 길을 건너고, 가로수 덤불을 헤치다가 길게 포효할 때는 몇 년 동안 쌓였던 울분을 밤하늘에 한 번에 뿜어내는 것 같기도 했다.

육식동물인 호랑이 입맛이라서 그런지 다시 사람으로 되돌아오기 위해 파를 먹을 때 조금 역겨웠다는 점을 제외하면 계획은 끝까지 성공적이었다. 법의학을 전혀 모르는 사람이 보기에도 피해자가 사망한 원인은 육식동물에게 물렸기 때문인 것으로 보였다. 법의학을 잘 아는 사람들이 감식한 결과로 보자면 그 주변에는 호랑이털이 가득했다. 범행을 저지른 것은 분명히 호랑이었다. 그렇지만 깊은 밤 갑자기 도심 한 가운데에 호랑이가 왜 나타났는지 알아낼 수 있는 명탐정은 아무도 없었다.

다음날 새벽, 홍진표는 새로운 깨달음을 얻게 되었다고 생각했다.

자신의 손에 여우가면이 들어온 이유가 무엇인지 이제야 정말로 알게 되었다고 생각했다. 그전까지 그는, 연구소에 자신의 발견품을 기증하고 신문 기사에 몇 줄로 소개되는 것이나, 마술쇼에서 여흥을 돋우고 박수를 받는 것처럼, 사회의 틀 안에서 사회가 베풀어 주는 얼마간의 호의를 받는 것만을 떠올렸다. 그런데 이제 그런 것은 어디까지나 사회가 자신과 같은 패배자에게 적선처럼 그냥 베풀어 주는 것을 굽신거리며 받아 먹는 것에 지나지 않는다는 생각이 들었다. 홍진표는 여우가면이 있으면, 자신은 사회의 규정을 깨고, 제도의 바깥으로도 얼마든지 나아갈 수 있다고 생각했다. 사회를 초월해서 정말로 하고 싶은 일을 할 수 있다는 것이, 여우가면의 진짜 가치라는 것을 이제야 알게 된 것이라고 여겼다.

홍진표는 이후 나무를 잘 타는 곰으로 변신해서 높은 빌딩

을 기어 오르고, 그 유리창을 깨고 들어가 한 부패한 공공기관
이 오랫동안 숨겨 두었던 서류를 빼내어 신문사에 공개하기도
했고, 코끼리로 변신해서 어느 독점 업체의 공장을 박살내기도
했다. 그러다가 범죄자로 체포될 순간에 소로 변해서 몰래 목
장의 소떼들 사이에 숨어든 적도 있었고, 하마로 변해서 강물
을 건너 도망친 뒤에 말로 변해서 하룻밤 사이에 몇십 킬로를
도망치는 방법으로 수사망을 빠져나간 적도 있었다.

그런 식으로 세월이 흐르자, 홍진표는 고액의 대가를 받고
세계 곳곳의 주요 인물을 암살해 주는 비밀 거래망에 닿을 수
있게 되기도 했다. 홍진표는 거래망에 암살 의뢰가 들어 오는
인물 중에 자신의 판단하기에 세상에 더 이상 살아 있는 것이
해가 되는 인물이라면, 없앨 방법을 궁리하게 되었다.

한번은 울산의 장생포 고래고기 식당을 통해서 고래 가죽
을 구한 뒤에 고래로 변신한 적도 있었다. 그렇게 해서 그는 몇
날 며칠을 넓디 넓은 바다를 헤엄쳐 건너가서, 미국 샌디에이
고 앞바다에서 요트 놀이를 즐기고 있는 어느 마약밀매범의 배
를 들이받아 뒤엎어 버렸다. 바다에서 방향을 알아보고 태평양
을 건너가고, 긴 시간 동안 생선만 잡아 먹으며 버텨야 하고, 자
꾸 몸에 달겨드는 기생충 같은 이상한 작은 물고기들에게 시달
리는 것은 지긋지긋한 일이었다. 그러나 그런 준비만큼 아무도
추적할 수 없는 범죄였다. 기관단총을 든 부하 몇 명을 거느리

고 있으면서 그거면 세상 무서운 게 없다고 생각하는 마약 조직 두목을 한 입에 씹어 주는 것은 기다림의 값어치 만큼 흥겨운 일이기도 했다.

마침내 홍진표는 이제는 혁명을 일으킬 때가 왔다고 생각하게 되었다. 그는 파를 넣어 둔 목걸이와 함께 여러 가지 동물들의 가죽과 가면을 가방에 항상 넣고 다니면서 자유자재로 변신하는 재주를 갖추고 있게 되었다. 처음에는 네 발로 걷는 소의 움직임이 어색할 정도였지만, 지금은 순록으로 변신하고 나면 높은 산도 단숨에 뛰어오를 정도로 동물별로 익숙해져 있기도 했다. 그는 자신이 갖고 있는 평화롭고 좋은 세상에 대한 생각을 자기 손으로 실현하겠다고 결심했고, 자신에게는 그만한 재주가 있다고 믿게 되었다.

한 번 그렇게 생각하기 시작하니, 세상 모든 일이 자신이 계획한 혁명으로만 해결될 수 있는 것처럼 보이기 시작했다. 세상 모든 문제에 대한 유일하게 확실한 대책은 자신과 같이 남들이 전혀 할 수 없는 일을 할 수 있는 사람에 의한 극적인 변화뿐이라고 굳게 믿게 되었다. 홍진표는 차근차근 혁명 계획을 세웠고, 가장 먼저 공격해야 하고, 공격 받아야 마땅할 대상들도 정했다.

홍진표는 일을 벌이기 전에, 먼저 햄스터 한 마리를 구하기로 했다. 앞뒤의 많은 확인되지 않은 사연 가운데, 이 대목은 다시 김희정이 들려 주었다는 이야기에서도 확인되는 대목이다.

홍진표는 사건 전에 햄스터를 구하려고 했고, 김희정과 뜬금없이 근사한 곳에서 저녁을 먹으며, 이상하게 진지하고 비장한 태도를 취했다고 한다. 여기서 세세한 내용을 밝힐 수는 없지만, 홍진표가 김희정에게 그날 해 준 이야기 중에, 그의 다음 행동과 결정적으로 완전히 맞아 떨어지는 것은 없다. 그렇지만, 한마디 한마디 따져 보자면, 또 보기에 따라서는 이제부터 세상을 홀라당 바꿔 버리겠다고 결심한 어떤 엉뚱한 사람의 말에 어울릴 만한 것처럼 보이기도 한다.

홍진표가 공격한 사람은 어느 영화배우로, 최근 들어 정치적인 활동으로도 크게 주목 받고 있는 사람이었다. 홍진표는 그의 정치적인 활동이 사회를 크게 망가뜨리고 있으며, 역사를 거꾸로 되돌리는 것이라고 판단했다.

홍진표는 산 속에서 광개토왕이 나오는 사극을 촬영하고 있던 그 영화배우가 자신의 차에 돌아가서 쉬고 있는 틈을 기다렸다. 홍진표는 거대한 표범으로 변신해 나무 위에 올라가서 나뭇잎 속에 숨어 있었다. 한참 숨은 채로 영화배우를 기다리고 있던 그는, 기회가 찾아오자, 차 뒷유리창을 부수고 들어갔다.

영화배우의 숨이 끊어진 후, 홍진표는 다시 원래 모습으로 돌아왔다. 그리고 홍진표는 준비해 두었던 칼을 꺼냈다. 홍진표는 영화배우의 옷을 찢었고, 그 등가죽에 칼날을 댔다. 홍진표는 영화배우의 얼굴 사진을 컬러프린터로 출력해서 마분지에 붙이고 눈 자리에 구멍을 뚫어서 조잡한 가면 모양으로 만들어 둔 것을 갖고 있었다. 이제 영화배우의 등가죽만 구해서 자기 등에 얹고 있으면, 홍진표는 그것을 이용해서 이 영화배우과 꼭 같은 모습으로 변신할 수 있겠다고 생각한 것이다. 그러면, 홍진표는 이 영향력 있는 영화배우이자 정치인 행세를 할 수 있었다. 그렇게 해서, 세상에 변화를 일으키고, 혁명의 다음 단계로 나아가려고 한 것이다.

그러나 그 계획은 거기서 멈추었다.

조태희 형사라는 사람은 정확히 무슨 관계가 있다는 것인지는 여전히 알지 못했지만, 어떻게든 홍진표와 계속해서 벌어진 이상한 사건들이 무슨 관계가 있을 거라고 생각하고 계속해서 추적해 오던 사람이었다. 조태희가 그때 홍진표를 찾아낸 것이다. 조태희의 생각이란, 홍진표가 온갖 동물들을 헬리콥터로 공중 투하할 수 있고 그 동물들을 완벽히 훈련시킬 수 있는 재주가 있다면, 모든 범행이 가능하다는 식의 상상을 하는 정도에 그쳤다. 하지만, 어쨌거나 그 긴 시간 동안 홍진표를 끈질기게 따라 붙고 있었다.

조태희에게 붙잡힌 홍진표는 곧 구치소에 갇히게 되었다. 그러나 홍진표의 얼굴에 당황한 기색은 없었다. 홍진표는 조태희 형사에게 공손하게 미안하다고, 잘못했다고 했다. 그러면서도, 붙잡힌 범죄자들이 흔히 보이는 체념의 기색이 없었다. 그렇다고 그 반대로 격분하고 있는 것도 아니었다.

소문으로 도는 이야기가 모두 맞다면, 나는 그 다음에 이런 일이 있었다고 정리해 본다.

그날 저녁에 홍진표는 경찰로부터 탈출하기 위해서, 작디 작은 쥐로 변신하기로 했다. 그는 여우 가면을 빼앗기기 전에 틈을 봐서, 햄스터 가면과 햄스터 가죽을 이용하기로 한 것이다. 등에 햄스터 가죽을 붙인 홍진표는 그렇게 해서 쥐로 변신하는 데 성공했을 수 있다. 그러면 경찰 사람들은 갑자기 홍진표가 보이지 않아 어리둥절해 했을 것이고, 그 사이에 그는 철창 사이를 빠져 나와, 작은 틈새를 파고 들고 벽을 기어올라, 마침내 경찰서 바깥 길가로 나왔을 수도 있을 것이다.

그런데 쥐의 뇌 크기는 너무 작았다. 원래 여우고개 전설이 사람이 소로 변하는 내용이었던 것은, 소가 일을 많이 하는 동물이라는 것도 있지만, 소의 머리가 크다는 이유도 있었다고 나는 생각한다. 사람이었던 홍진표의 머릿속에 들어 있던 그 많은 생각과 지식과 기억과 판단과 사상과 성격이 그대로 다 저장되어 남아 있기에는 쥐의 얼마 안되는 뇌의 크기와 공간은 턱없이 부족했다.

　아마도 홍진표의 원래 머리에서 반드시 있어야된다고 할 만한 일부만이 간신히 쥐의 뇌 속에 남아 보존되었을 뿐, 나머지는 변신하는 사이에 그냥 흩어져 버렸던 것 같다.

　홍진표였다고 볼 수 있는 그 쥐는 배가 고파졌을 때, 목에 걸려 있던 파를 갉아 먹었다. 그리고 그 쥐는 다시 홍진표의 모습으로 돌아왔다. 뒤늦게 경찰서 근처의 길가에서 홍진표가 발견되었을 때, 그는 말도 할 수 없고 생각도 할 수 없는 상태가 되어 있었다. 이제 쥐 한 마리 수준밖에 되지 않는 생각을 갖게 된 그가 마지막까지 머릿속에 품고 있었던 것이 무엇이었는지는 알 길이 없지만, 가끔 그는 그저 앞 뒤도 없이 "희정아, 희정아" 하고 중얼거리고 있었다고 한다.

　— 2018년, 역삼동에서

곽재식

공학 박사. 화학 회사에 다니며 작가로도 꾸준히 활동하고 있다.

2006년 단편 〈토끼의 아리아〉가 MBC에서 영상화된 후, 본격적으로 작가로 활동하면서 《당신과 꼭 결혼하고 싶습니다》《우리가 과학을 사랑하는 법》등 다양한 소설집, 장편소설, 과학교양서를 출간하였다.

한국의 옛 기록 속 괴물 이야기를 소개한 인문교양서 《한국 괴물 백과》의 저자이기도 하다.

〈이상한 가면 여우 이야기〉는 웹진 거울 2018년 10월호에 올린 소설이다. 한 동물이 다른 동물로 변신하는 이야기나 한 사람의 정신이 다른 사람의 몸에 들어가는 이야기에 대해 나는 오랫 동안 불만 비슷한 느낌을 갖고 있었는데 그 느낌을 소설로 꾸며 보기로 하고 써 보았다.

기생감

미스터리스릴러SF모음집

초판 1쇄 펴낸날 2019년 12월 25일

지은이 송한별, 허설, 은상, 네크, 이일경, 곽재식
펴낸이 이규승
엮은이 이지희 이규승
표지디자인 김병주

펴낸곳 온우주
등록번호 제215-93-02179호
전화 02-3432-5999
팩스 0507-514-5999
홈페이지 www.onuju.com | onuju@onuju.com

ISBN 978-89-98711-36-8 03810